플라이,
대디,
플라이

플라이, 대디, 플라이

가네시로 가즈키 지음
양억관 옮김

milky Far

문예춘추사

차
례

지렛대만 있다면
지구라도 움직여 보여 줄 수 있다.

- 아르키메데스

날개를 펼치고
빛이 비치는 곳으로.

- 사쿠라이 카즈토시

나는 월급쟁이, 마흔일곱 살.

성은 스즈키, 이름은 하지메.

도쿄에서 태어나 도쿄에서 자랐다.

중키에 적당한 살집. 다만 역 계단을 오르내리는 게 힘들어졌고, 몇 년 전부터 머리카락이 하나씩 빠지기 시작하더니 지금은 이마도 많이 넓어졌다. 그러고 보니 디즈니의 애니메이션에 나오는 치즈처럼 여기저기 구멍이 뚫려 있다. 지난번에는 '아보카도'라는 말을 떠올리는 데 이틀이나 걸렸다.

대학은 도쿄대학보다 한 단계 떨어지는 데를 나왔다. 그것도 재수를 해서. 근무처는 모 전자회사의 자회사. 그래도 상장

기업이다. 직위는 경리부장. 작년에 승진했다. 학력으로 미루어 짐작건대 더는 승진이 어려울 것 같다. 애석하게도.

집은 시부야에서 급행 전철을 타고 40분 정도 떨어진 신흥 주택단지에 있는 단독주택이다. 고양이 낯짝만 한 정원도 딸려 있다. 20년 장기융자로 사서, 아직 7년을 더 갚아야 한다. 갚기 시작한 지 3년째부터 모든 게 싫어져서 혼자 오키나와 같은 데로 도망가 어부라도 할까 했지만, 그러지 못했다. 나는 배 멀미가 심하다.

매일 통조림 같은 만원 전철에 몸을 싣고 회사와 집을 오간다. 전철 문에 끼어 새끼손가락이 부러진 적도 있다. 치한 취급 당한 적도 있다. 몸통이 수령 100년이나 된 나무둥치만 한 여자에게. 그때 태어나서 처음으로 살의를 느꼈다.

취미는 골프. 처음 필드에 나갔을 때, 한 홀에서 30타를 쳐 골프에 재능이 없음을 절절히 깨달았으나 사업상 가지 않을 수 없다. 옛날에는 재즈를 즐겨 들었다. LP 레코드를 100장이나 모았다. 지금은 아예 듣지도 않는다. 그리고 담배를 끊을 수 없다. 술은 적당히 즐기는 정도. 꼭 만나야 할 상대가 아니면 사람을 만나지 않는다.

이름부터 모든 게 평범하기 짝이 없는 나이지만 특별한 것이 하나 있다. 가족이다.

아내와 딸. 한 살 아래 아내와는 22년째 같이 산다. 이름은 유코. 유코하고는 대학시절에 동아리에서 만났다. 덧붙여서, 우리 동아리는 '영화연구회'. 영화에는 아무 관심도 없던 내가 거기 들어간 것은 오로지 탤런트를 지망하는 미인들이 많이 온다는 소문을 들어서였다. 정말 젊은 시절이었다.

유코는 음식 솜씨도 좋고 딱 부러지는 경제관념의 소유자이기에 마음놓고 집안일을 맡길 수 있는 현모양처이다. 자그만 몸매에 보기에도 얌전하고 수줍음이 많을 것처럼 보이지만 중심이 딱 잡힌 단단한 사람이다. 영화연구회 신입생 환영회 때 자기소개를 겸해서 좋아하는 영화를 하나 들어야 했는데, 신입생 대부분이 〈덴조사지키의 사람들〉, 〈달콤한 생활〉, 〈작년에 마리앙바드에서〉, 〈미치광이 삐에로〉와 같은 명작을 들었지만, 유코 홀로 단호한 어조로 "〈로마의 휴일〉을 좋아합니다." 하고 웃으면서 말했던 것이다. 영화에 대해서는 일가견이 있다며 어깨에 잔뜩 힘을 싣고 다니던 선배들이 실소를 금치 못하는 가운데서도 유코는 굴하지 않고 미소를 머금은 채였다. 그 미소에 마음을 빼앗겨버린 나는 환영회 도중에 유코를 억지로 바깥으로 이끌고 나와 그 자리에서 데이트 신청을 했다. 갑작스런 고백에 놀라 눈부신 뭔가를 본 사람처럼 가늘게 눈을 뜨고 나를 빤히 바라보던 유코의 얼굴을 지금도 또렷이 기억한다. 아마 죽을 때까지 잊지 못할 것이다.

나와 유코는 환영회 다음 날 영화연구회를 그만두고, 그 대신에 나는 유코를 따라 자주 영화를 보러 다녔다. 그리고 같이 본 영화가 38편에 이르렀을 때 우리는 결혼했다. 덧붙여서, 그 38번째 영화는 〈재와 다이아몬드〉이다. 멋진 작품이었다. 내 평생 최고로 치는 영화이다.

딸은 열일곱. 이름은 하루카. 신주쿠 구에 있는 여고에 다닌다. 부잣집 자녀들이 많이 다니는 일류 명문고이다. 그러고 보니 초대권 없이는 들어갈 수 없는 학교축제에 잠입하려 했던 삼류고등학교 남학생 이야기를 들은 적이 있다. 절벽 위의 우아한 꽃봉오리를 꺾어 보려는 불량한 놈들일 것이다. 그래서 딸이 걱정이다.

딸은 미인이다. 결코 아버지의 눈으로 봐서 하는 말이 아니다. 딸은 중학교 2학년 때 시부야에서 어느 유명한 프로덕션에 스카우트 제의를 받았다. 딸도 좋아했다. 나와 아내는 심각하게 고민했다. 스테이지 파파가 되는 것도 그리 나쁘지만은 않다는 생각도 들었지만, 연예계 사정에 밝은 주간지 마니아 직장동료에게서 너무도 지저분한 소문을 많이 듣고 나서는 강경하게 반대했다. 2주 정도 딸과 신경전을 벌이다가 부녀의 인연을 끊자는 최후통첩을 딸에게 보냈다. 딸은 밤새 울었다. 가슴이 아팠다. 그래도 딸이 뜻을 꺾지 않았다면 아마 나도 손을 들고 말았을 것이다. 스카우트 이야기가 오갈 때 받은 연예 프로덕션의 명함은 지금도 지갑 속에 들어 있다. 때로 그 명함을 바라보며 내 딸의 미모에 대해 자부심을 느끼기도 한다. 물론 딸은 내가 이러는 줄 모른다.

나의 꿈.

딸의 행복. 이 세상의 무엇보다도. 내 목숨보다도.

난 특별히 바라는 게 없다. 정년퇴직을 하고 낚시라도 하면서 귀여운 손자에 둘러싸여 평온한 여생을 보낼 수 있다면 그걸로 족하다. 그리고 아내와 이탈리아 여행이라도 할 수 있으면 좋겠다. 아내에게 로마를 보여주고 싶다.

나는 아내와 딸을 사랑한다. 특별할 것도 없는 인생 여정에서 아내와 딸만이 나의 자랑이며 지켜야 할 보물이다. 가족조사란에 아내와 딸을 적어 넣을 때의 그 행복. 그 행복을 깨뜨리고 더럽히는 자는 용서할 수 없다.

그래, 나는 가족을 지키기 위해 생명의 위험도 마다하지 않는 마흔일곱 살 월급쟁이여야 했다.

그렇게 믿었다.

그날이 찾아오기 전까지는.

지금부터 내가 하고자 하는 이야기는 내가 실제로 겪었던 한 여름날의 모험담이다.

7월 9일

나는 그날을 평생 잊을 수 없을 것이다.

그날 기상청은 작년보다 2주일 정도 빨리 장마가 끝났음을 알렸고, 나는 회사 근처 단골 메밀국수 집에서 점심을 먹었다. 오후 여덟 시 15분. 평소와 다를 바 없이 퇴근 준비를 하는데 입사동기 후지타가 술 한잔 하자고 손을 내밀었지만 거절했다. 후지타는 20년을 같이 살아 온 부인과 이혼을 전제로 별거 중인데, 고등학교 다니는 아들마저 부인과 같이 집을 나가버렸다고 한다.

"이 나이에 혼자되고 보니 정말 힘들어." 하면서 요즘 들어 자주 술 한잔 같이 하자면서 다가온다. 혼자 보내는 밤 시간을 줄이고 싶은 것이다.

"자네가 정말 부러워."

헤어질 때 후지타가 약간 비꼼 섞인 목소리로 그렇게 말했지만, 난 모호한 미소로 적당히 넘겨 버렸다. 물론 약간의 우월감을 맛본 건 사실이다. 후지타는 나보다 늘 한 걸음 앞서 출세의 길을 달려 지금 총괄부장이다. 그리고 후지타의 별거 원인은 일에 쫓겨 가정을 돌보지 않았다는 데 있다. 참으로 진부한 이유이다. 그러나 내가 후지타 신세가 되지 말란 법은 어디에도 없다.

평소처럼 김밥 알갱이가 되어 전철을 타고 열 시 정각에 집가까운 역에 도착했다. 빠른 발걸음으로 개찰구를 빠져나와 역전 버스 로터리로 나아갔다. 역에서 집까지는 2킬로 정도. 걸을 수 없는 거리는 아니지만 버스를 이용한다.

평소처럼 열 시 3분에 8번 정류장에 도착하자 대기선수 여덟 명이 늘어서 있었다. 체력 저하를 느끼고 버스를 이용하기 시작한 것이 5년 전이고, 별다른 일이 없는 한 주중에는 열시 10분 버스를 탄다. 그 시간이 지나 버스를 타면 너무 복잡해서 앉을 수 없다. 그리고 요 5년 동안 열 시 10분 출발 버스를 타는 멤버는 정해져 있다. 나를 포함하여 양복 차림의 남자 아홉 명. 누군가 어떤 사정으로 버스를 타지 않아 줄어들 때는 있지만, 이상하게도 수가 늘어나는 법은 없었다. 우리는 마치 야구단

부동의 스타트 멤버처럼 매일 줄을 지어 늘어섰다.

가볍게 머리를 숙이고 열의 맨 뒤에 서자, 다른 멤버들도 일제히 가볍게 머리를 숙인다. 그렇게 벤치 입문의식을 치르면 멤버들은 스포츠 신문이나 주간지를 읽거나 눈을 감고 묵상에 잠기는 등 평소와 다를 바 없이 제 나름대로 버스가 오기까지 시간을 보낸다. 우리는 서로 이름을 모른다. 애당초 말을 나누는 일도 없고, 눈을 마주치는 일도 없다. 5년이란 세월을 생각하면 참으로 가슴 서늘하고 부자연스러운 일이지만, 억지로 상대의 가슴을 파고들지 않는 관계가 산뜻한 것도 사실이다.

열 시 10분 정각에 버스가 도착했다. 우리는 차례대로 버스에 올랐다. 버스 운전사도 요 5년 동안 똑같은 사람이다. 나와 동년배로 보이는 운전사는 우리가 버스에 올라탈 동안 늘 그렇듯이 커다란 핸들에 두 팔을 올린 채 멍한 눈길로 앞쪽을 바라본다. 손님이 내미는 정기권을 보지도 않는다. 내가 올라타자 버스는 몸에 묻은 물기를 털어 내려는 개처럼 부르르 가늘게 몸을 떨더니 스르르 미끄러져 나가기 시작했다.

버스는 빨간 신호등 앞에서 멈춰 설 때 말고는 일직선으로 담담하게 달리기만 한다. 여섯 번째 정류장에서 내릴 때까지 10분 동안 나는 평소처럼 창가에 앉아 차창으로 흘러가는 풍경을 망연히 바라보았다. 5년 동안 변한 게 있다면, 어떤 업체의 편의점이 망하고 그곳에 다른 업체 편의점이 들어왔다는 것뿐이다.

정차 벨을 누를 필요도 없이 버스는 내가 내리는 정류장에 멈춰 섰다.

버스에서 내려 집까지 짧은 거리를 걸었다. 아름다운 밤이었다. 밤하늘에는 구름 한 점 없고, 검은 비단을 깐 듯한 하늘을 배경으로 은색 달이 빛났다. 때로 볼을 스치는 바람 속에서 한창 물이 오른 파란 싹들이 내뿜는 싱그러운 풀내음이 언뜻 풍겨났다. 걸으면서 깊이 숨을 들이쉬고 토해 보았다. 나를 둘러싼 세계는 가슴을 두근거리게 할 어떤 특별한 변화도 없지만 정상적으로 잘 움직이는 것 같았다.

집 앞에 도착한 순간, 묘한 기운이 나를 덮쳤다. 늘 켜져 있던 거실과 2층 방 불이 꺼져 있는 것이다. 게다가 야등도. 간단히 말해 내 집은 불 하나 밝히지 않은 어둠의 상자로 내 앞에 우뚝 서 있었다. 맨 먼저 뇌리를 스친 것은 아내와 딸이 나를 내버리고 집을 나간 것은 아닐까 하는 생각이었다. 그래, 후지타에게 일어난 일이 내게도 일어난 거야.

불길한 예감에 사로잡힌 채 손목시계로 시간을 확인했다. 밤 열 시 30분이 지났다. 고등학교를 졸업할 때까지, 라는 조건으로 하루카와 약속한 귀가 시간은 밤 열 시였다. 하루카는 귀

찮아하면서도 지금까지 그 약속을 잘 지켰던 것 같다. 집 앞에
도착해서 불이 켜진 하루카의 방을 올려다보는 것이 나의 일과
이며 기쁨이었다. 그런데 지금 내 눈에 비치는 하루카의 방은
해골 눈구멍처럼 깜깜하다.

분명 무슨 일이 있었던 거야.

예감이 확신으로 바뀌는 순간, 나는 세차게 문을 밀치고 서
둘러 현관문에 열쇠를 꽂았다.

집 안은 바깥에서 보는 것보다 더 어두워서 나는 마치 길 잃
은 세 살배기 애처럼 멍해져 버렸다. 그러나 누군가의 손길을
기다리며 울먹이고 있을 수만은 없다. 나는 가느다란 희망의
끈을 놓지 않고 발걸음을 거실 쪽으로 옮겼다.

문을 열고 불을 켜기 전에 우선 어둠 속에서 눈을 부릅뜨고
사람 그림자를 찾아 보았다. 어둠에 익은 눈에도 사람 그림자
가 보이지 않아 실망하면서 스위치를 올렸다. 빛이 테이블 위
하얀 물체에 부딪쳐 내 눈을 찔렀다. 사각으로 접은 종이가 놓
여 있었다. 재빨리 식탁 쪽으로 다가갔다. 유코의 메모였다.

몇 번이나 휴대폰으로 연락을 했지만…… 병원에 가요.

메모 끝에는 유명한 대학부속병원 이름이 적혀 있었다.

나는 메모를 식탁 위에 내려놓은 다음, 황급히 가방 안에서 휴대폰을 꺼냈다. 경리업무에 종사하는지라 거의 오는 전화도 없어 전원을 꺼놓는 경우가 많다. 전원을 넣고 메시지를 체크했다. 저녁 여덟 시를 시작으로 다섯 건의 메시지가 들어와 있었고, 모두 유코가 보낸 것이었다.

"유코예요. 방금 연락을 받았는데, 하루카가 다친 모양이에요."

전파 상태 때문인지 불안 때문인지 유코의 목소리가 떨렸다.

나는 가방을 식탁 위에 집어던지고 재빨리 현관 쪽으로 나아갔다. 신발을 신으려고 방금 벗은 구두를 찾았지만 보이지 않았다. 어디에도 없다. 무릎에서 힘이 빠져나가 그냥 주저앉고 말았다.

이건 누군가가 파 놓은 함정임이 분명해. 그래, 맞아.

고개를 떨구고 발아래를 내려다보았다.

구두를 그냥 신은 채였다.

현실이 다시 살아나 어깨를 무겁게 짓눌렀다. 그냥 이런 현실을 잊어버리고 자신의 터무니없는 행동에 웃음을 터뜨려 보고 싶기도 했지만 입에서는 한숨만 새어 나올 따름이었다.

어쨌든 병원으로 가야 한다. 하루카의 상처, 별것 아닐 거야. 그걸 확인하고 난 다음에 천천히 웃으면 돼.

나는 무거운 허리를 들어올리고 집을 나섰다.

택시를 타고 도메이 고속도로를 지나 수도 고속도로를 거쳐 자정을 조금 넘어서야 병원에 도착했다.

야간전용 응급실 앞에서 택시를 내렸다. 지갑에서 만 엔짜리 지폐 두 장이 사라지고 남은 것이라고는 양복바지 주머니에 든 잔돈 몇 푼뿐이었다.

전차를 갈아타고 올 걸 그랬어.

응급실 입구에 서서 텅 빈 지갑을 보며 그런 생각을 하는 자신이 저주스러웠다. 여기 도착할 때까지 딸의 안부를 걱정하면서 몸이 타들어 가는 듯 초조해하던 시간이 모두 허사가 되어 버린 기분이었다. 나는 고개를 세차게 가로젓고 잡념을 모두 떨쳐낸 다음, 응급실 자동문 앞에 섰다.

야간 수납창구에서 딸 이름을 대자 야근 경비원으로 보이는 노인이 7층으로 올라가라고 해서 엘리베이터 홀로 나아갔다. 엘리베이터가 오기를 기다리는 동안 각 층 안내표시판을 살펴보니 그곳은 입원병동이었다. 입원이라는 글자를 보는 순간 위에서 통증이 일었다. 갑자기 팅, 엘리베이터 도착을 알리는 낮은 전자음이 울리자 내 몸은 소리에 과민반응하며 부르르 떨렸다. 나는 크게 숨을 들이쉬고 상자 안으로 들어섰다.

엘리베이터가 움직이고 층수 표시가 하나하나 올라감에 따라 심장 고동도 점점 빨라졌다. 이렇게 긴장하는 게 대체 얼마만인가. 대답이 나오기도 전에 다시 팅, 전자음이 울리고 상자가 멈춰 섰다. 천천히 문이 열리고 어두컴컴한 엘리베이터 홀이 눈앞에 펼쳐졌다. 조명을 최대한 낮춘 인위적이면서 삭막한 어둠이었다. 내 발걸음은 그 어둠 속에 들어갈 것을 거부라도 하듯 꼼짝도 하지 않았다. 엘리베이터 문이 닫힐 것 같아 황망히 스위치를 눌렀다. 나는 스위치를 누른 채 어둠을 노려보았다. 솔직하게 말하자. 그때 나를 맞이하는 유코의 모습이 눈에 들어오지 않았더라면 나는 열림 스위치를 놓아버리고 '1'을 누른 다음, 닫힘 스위치를 누르고 말았을지도 모른다.

"여보……."

갑자기 상자 바깥에서 나타난 유코가 상자 안에 서 있는 내 얼굴을 뚫어져라 바라보며 입을 열었다. 그때 나는 어떤 표정이었을까? 내 얼굴에서 뭔가를 느낀 것인지 유코의 표정이 당장이라도 울음을 터뜨릴 것처럼 어두워졌다. 나는 서둘러 상자 바깥으로 나와 말했다.

"하루카는 어때?"

유코는 대답하지 않고 울먹이는 표정으로 나를 바라보았다. 나는 거듭 물었다.

"상처라면 어떤?"

유코는 천천히 입을 열었다.

"얼굴하고 배를 심하게 맞았어요."

유코는 그렇게 말한 다음 흐느껴 울기 시작했다. 나는 짜증을 내며 다시 물었다.

"맞다니, 누구에게? 왜?"

유코는 울면서 고개를 가로저을 뿐 대답하려 하지 않았다.

"생명에는 지장이 없겠지?"

내가 그렇게 묻자 유코는 가볍게 고개를 끄덕였다.

"하루카를 보고 싶어. 병실로 가."

유코는 억지로 울음을 거두면서, 저쪽이에요, 하고 왼쪽 복도 쪽으로 발걸음을 뗐다. 유코의 뒤를 따라가려고 발걸음을 옮기려는 순간, 오른쪽 볼에 누군가의 시선을 느꼈다. 나는 발걸음을 멈추었다. 그리고 시선이 다가오는 쪽으로 고개를 돌렸다.

엘리베이터 오른쪽 구석에 있는 대기실 벤치에 학생복 차림의 남자가 발을 앞으로 주욱 내민 자세로 앉아 나를 바라보았다. 나라는 존재를 가늠하려는 듯 응시하는 두 개의 눈동자가 어두컴컴한 공간 속에서 고양이과 짐승처럼 빛났다.

그 시선을 받고 당황하는 내 모습을 보고 남자는 입가에 옅은 웃음을 머금었다. 조소라고 해도 좋을 그런 웃음이었다.

"여보."

왼쪽에서 유코의 목소리가 들려왔다. 나는 남자에게서 시선을 떼고 재빨리 유코 쪽으로 다가갔다. 남자의 조소가 등에 집요하게 달라붙는 것 같았다. 그 감각은 복도 끝에서 방향을 틀 때까지 계속되었다.

모퉁이를 오른쪽으로 돌아서자마자 복도 구석의 병실 문 앞에 모여 있는 남자 셋이 내 시야에 들어왔다. 하나는 양복 차림으로 내 또래로 보였다. 또 한 사람은 아래위로 빨간 운동복을 입은 서른 정도로 보이는 남자. 다른 한 사람은 하얀 가운을 입은 대학생 분위기를 풍기는 남자. 아마도 야근하는 인턴이나 레지던트일 것이다.

"저 사람들이에요."

뒤에서 유코의 목소리가 들렸다. 유코의 목소리에 약간의 적의가 배인 것처럼 들렸다. 나는 '저 사람들'이 어떤 의미를 가졌는가를 묻지 않고 그들을 향해 발걸음을 옮겼다.

운동복 차림의 남자가 나와 아내의 모습을 보고 양복 입은 남자에게 귀엣말을 했다. 그러자 양복 남자가 하얀 가운에게 눈짓을 했다. 하얀 가운은 짐짓 별것 아니라는 태도를 보이며 손에 든 하얀 봉투를 호주머니 안에 넣었다.

내가 세 사람 앞에 이르러 발걸음을 멈추자 양복 입은 남자

가 한 걸음 앞으로 나왔다. 나와 양복 남자가 마주 보고 선 꼴
이었다.

내가 세 사람의 정체에 상관없이 무슨 일인가를 물으려고 입
을 떼려는 순간, 양복 입은 남자가 기선을 제압하려는 듯한 동
작으로 양복 안쪽으로 손을 찔러 넣었다. 괜히 거들먹거리는 동
작이었다. 마치 영화 속의 살인청부업자가 권총을 꺼내는 듯이.
그러나 양복 안쪽에서 나온 것은 권총이 아니라 명함이었다.

양복 입은 남자는 나에게 명함을 내밀며 말했다.

"저는 이런 사람입니다."

조금도 거리낌 없는 당당한 어투였다.

나는 살짝 기가 죽은 채 그것을 받아들고 바라보았다.

'가이난 고등학교 교감 히라사와 쇼고'

딸이 다니는 학교가 아니었다. 무슨 영문인지를 몰라 고개
를 들어 히라사와를 바라보았다. 히라사와는 명함을 내민 왼손
을 그대로 둔 채 표정 없이 나를 바라보았다. 몇 초 동안 히라
사와의 얼굴과 왼손을 바라보다가 이윽고 그 의미를 알고 나도
양복 안주머니에서 명함을 꺼냈다. 그리고 그것을 히라사와에
게 내밀 때, 나도 모르는 사이에 가볍게 고개를 숙이는 자신의
모습을 깨달았다. 오랜 월급쟁이 생활의 습성? 아니면?

"저는 이런 사람입니다."

히라사와는 여전히 표정 없는 얼굴로 명함을 받아들더니 힐끗 그걸 바라보고는 흥미 없다는 듯 주머니 속에 집어넣었다. 은근히 반발심이 일었지만 일단 딸의 상태와 사건의 진상을 알기 위해 입을 열려고 하는데, 다시 히라사와에게 기선을 제압당했다.

"자세한 이야기는 나중으로 돌리고, 우선 따님을 만나 보시는 게 어떨까요?"

제안이라기보다는 지시에 가까운 어투였다. 터져 나오는 울분을 억지로 삭이고 그 말에 따르기로 했다. 1초라도 빨리 하루카를 만나 보고 싶었다. 내가 고개를 끄덕이자 하얀 가운의 남자가 조용히 병실 문을 열었다.

병실로 발걸음을 밀어 넣었다. 바깥과 비슷한 어둠. 세 평 정도의 방 안에 침대 하나. 사이드 테이블에 놓인 작은 조명등이 침대에 누운 하루카의 얼굴을 어렴풋이 비추었다. 하루카의 얼굴에는 커다란 가제가 붙어 있고, 팔에는 링거 주사가 꽂혀 있었다.

나는 병실로 들어서자마자 발걸음을 우뚝 멈추었다. 인기척을 느낀 하루카가 천천히 내 쪽으로 고개를 돌렸다. 조명의 스포트라이트가 핀 포인트로 하루카의 얼굴에 닿자 하루카의 얼굴이 어둠 속에서 둥실 떠올랐다.

7월 9일

가제에 덮인 오른쪽 눈은 너무 부어올라 거의 감긴 것이나 다름없었다. 아랫입술에는 세로로 길게 찢어진 상처가 하나, 윗입술에는 작은 생채기가 몇 가닥 나 있었다. 하루카는 있는 힘을 다해 오른쪽 눈을 뜨고 내 모습을 확인하자 담요 속에서 링거 주사에 연결된 왼팔을 빼내 내 쪽으로 내밀었다.

"아빠……."

힘이라고는 하나도 없는 목소리.

그러나 나는 그 자리에서 꼼짝도 할 수 없었다.

"……아빠."

하루카는 아까보다 팔을 더 높이 치켜들어 내 손을 찾았다.

움직여. 움직여. 움직여.

그러나 나는 한 발짝도 떼지 못하고 허공에서 가늘게 떨리는 하루카의 손을 바라보기만 했다. 하루카의 얼굴에 절망의 그늘이 드리우는 것을 알 수 있었다. 하루카의 입이 무슨 말을 하려는 듯 살짝 열렸지만 소리는 나지 않았다. 이윽고 하루카의 왼손은 천천히 침대 옆으로 떨어지고, 오른쪽 눈에서 한 방울 눈물이 흘러내렸다. 하루카는 고개를 반대쪽으로 돌리고 내 얼굴을 피해버렸다. 가느다란 어깨가 흔들렸다.

유코가 내 곁을 지나 침대로 다가갔다. 그리고 바닥에 꿇어 앉아 하루카의 손을 잡더니 고개를 돌려 호소하는 듯한 눈길로 나를 바라보았다. 내가 유코의 시선을 피해 고개를 바닥으로 떨구는 순간, 뒤에서 하얀 가운의 남자 목소리가 들려왔다.

"에, 안면과 복부 타박상입니다. 그리고 열상이 몇 군데 있고, 타박에서 오는 가벼운 발열 증상도 있습니다. 일주일만 지나면 부기가 빠질 것으로 생각합니다. 입원은 2주일 정도면 될 것 같습니다. 그다음에는."

내가 갑자기 뒤를 돌아보자 하얀 가운의 남자는 입을 다물었다. 나는 그 남자를 밀치고 병실을 나섰다.

병실 바깥에서는 히라사와와 운동복 차림의 남자가 나를 기다렸다.

"이게 도대체 무슨 일이오! 설명해 보시오!"

내가 히라사와에게 대들 듯 다가서자 운동복이 나와 히라사와 사이를 단호한 기세로 막아서더니 무덤덤한 표정으로 나를 바라보았다. 위협할 생각일 것이다. 그것이 대단한 효과를 발휘했다. 남자의 두 눈썹 사이에는 칼에 찢긴 듯한 상처가 나 있고, 코는 편평하게 찌그러져 있었다. 그리고 무엇보다 흰자위가 드러난 눈이 마치 흉포한 상어처럼 잔혹한 기세를 드러냈다.

"당신은 뭐야?"

내가 운동복 입은 남자에게 그렇게 말하자 남자의 등 뒤에서 히라사와의 목소리가 들렸다.

"우리 학교의 아베 선생입니다."

히라사와는 아베의 어깨를 옆으로 밀치고 다시 나와 마주 보고 섰다. 여전히 냉랭한 시선이었다. 그 냉랭한 눈길에 대항하기 위해 다시 거친 목소리로 따지려 했을 때, 히라사와가 왼손 검지를 엷은 입술에 갖다 댔다. 나는 그 동작에 그만 기가 죽어 목소리를 죽이고 말았다. 순간, 복도에는 정적이 감돌았다. 히라사와는 입술에 갖다 댄 손가락을 떼고 복도 끝을 가리키며 마치 어린애를 어르는 듯한 목소리로 말했다.

"저쪽에서 이야기하지요."

너스 스테이션 옆에서 히라사와에게 들은 이야기는 이러했다.

하루카는 학교를 마치고 돌아오는 길에 시부야 거리를 배회하다가 우연히 만난 어떤 고등학생과 노래방에 갔다. 거기서 사소한 이유로 다투다가 남자가 저도 모르게 하루카에게 손찌검을 하고 말았다. 자신의 행동에 당황한 남자는 히라사와에게 전화를 걸어 도움을 요청했다. 히라사와는 아베와 함께 노래방으로 달려가 하루카를 병원으로 옮겼다는 것.

말도 안 되는 소리.

나는 히라사와에게 말했다.

"우리 딸이 누군지도 모를 남자가 말을 건다고 해서 따라가 다니, 있을 수 없는 일이오. 그런 말도 안 되는 소리, 하지도 마시오!"

내가 큰소리를 지르자 히라사와는 불쾌한 표정을 지었다. 나는 미안하다고 서둘러 작은 목소리로 사과했다.

"그렇지만."

히라사와의 목소리가 나의 다음 말을 가로막았다.

"우리가 학교 다니던 때하고는 시대가 다릅니다. 그리고 부모가 자식에 대해 품는 이미지가 실상과 똑같다는 보장도 없어요. 애석한 일이지만."

"그럴 리가."

"나는 오랫동안 교육현장에 있었기 때문에 확신을 가지고 말할 수 있습니다."

반박할 말을 찾을 수 없었다. 당연한 일이지만 나는 하루카의 모든 행동을 파악하지 못한다. 그런 한에서 일단 히라사와의 말을 객관적 사실로 받아들일 수밖에 없다는 생각이 들었다. 설령 그것을 받아들이기 힘들다 하더라도.

"다툰 이유는 뭡니까? 우리 딸이 저렇게 맞은 원인이 대체 뭡니까?"

히라사와는 약간 표정을 누그러뜨리며 말했다.

"젊은 사람 일이니까, 그냥 짐작하시면 될 겁니다."

곁에 있던 아베가 처음으로 입을 열었다.

"흔히 있는 일입니다."

생김새에 어울리게 위협적이면서 거친 목소리였다. 내가 반감 섞인 눈길을 보냈지만 아베는 거침없는 태도로 힘주어 말했다.

"흔히 있는 일입니다."

이어서 히라사와가 입을 열었다.

"상대방 남학생도 깊이 반성한다고 합니다."

나는 그 말을 받았다.

"그놈 어디 있소?"

히라사와는 분명 깔보는 눈길로 나를 바라보았다. 내 고함 소리가 복도의 공기 속에 찌꺼기처럼 떠도는 것 같아 수치스런 생각이 들었다. 나는 의식적으로 목소리를 낮추어 말했다.

"그런데 왜 당신들이 여기 있는 거요? 그놈 부모는 어디 있소?"

히라사와는 말없이 나를 바라보았다. 나는 그 침묵이 당혹스러워 참다못해 다시 말했다.

"대체 무슨 말을 하는 거요? 대체 어떻게 된 일이냔 말이오."

내 목소리는 나도 모르는 사이에 애원의 빛을 띠기 시작했다. 스스로 그것을 느끼는 순간, 내 몸에서 힘이 빠져나가는 것 같았다. 히라사와가 기회를 엿보다가 입을 열었다.

"상대 학생은 장래가 창창한 젊은이입니다. 물론 따님도 마찬가지고요. 간단히 말해 사랑싸움이지요. 그런 일 때문에 두 젊은이의 장래를 망쳐서는 안 될 것입니다. 특히, 따님의 이미지에 상처를 입힐지도 모릅니다."

히라사와는 거기서 일단 말을 멈추었다가 문득 생각났다는 듯이 덧붙였다.

"의사 선생님은 다행히도 얼굴에 상흔이 남지 않을 거라고 합니다."

히라사와는 다시 내 눈을 응시했다. 결코 아베에게 뒤지지 않을 박력을 내뿜었다. 히라사와는 내 얼굴을 응시한 채 말을 이었다.

"약속해주시죠. 더는 문제를 확대하지 않겠다고."

히라사와는 나를 홀 옆 대기실로 이끌었다. 벤치에는 아까 나를 향해 조소 비슷한 웃음을 보냈던 남자가 불량한 태도로 앉아 눈을 치켜들고 나를 바라보았다. 아베가 남자를 향해, 이시하라, 하고 나무라는 듯한 목소리로 불렀다.

이시하라는 실쭉한 표정으로 자리에서 일어섰다. 아베가 이시하라의 뒤통수를 가볍게 쳤다. 이시하라는 억지스런 태도로 머리를 가볍게 숙이며 말했다.

"죄송합니다."

그러고 이시하라는 예의 실쭉한 표정으로 시선을 비스듬히 다른 곳으로 돌리며 다음 말을 기다리는 나를 무시해버렸다. 금방이라도 혀를 차며 불만을 터뜨릴 것 같은 태도였다.

아베가 다시 이시하라의 뒤통수를 쳤다. 이시하라의 입이 열렸다.

"그럴 생각은 없었습니다. 갑자기 화가 치밀어 나도 모르게 그만, 용서해주십시오."

누군가에게 지시받은 대사를 그냥 읊어 대는 듯한 어투였다.

그 순간 내가 느낀 것은 분노라기보다는 짙은 피로였다. 오늘은 월요일, 내일은 평소처럼 회사에 가야 한다. 히라사와가 말했듯이 여기서 문제를 확대하면 육체적으로나 정신적으로나 피폐해지고 말 것이다. 그건 내가 바라는 바가 아니었다. 가능하다면 지금 당장 사태를 수습하고 집에 돌아가 침대에 드러눕고 싶었다. 나는 평소에 여섯 시간의 수면을 원칙으로 삼았다. 수면의 피크 타임은 세 시간마다 찾아오므로 삼의 배수를 수면 시간으로 하는 게 가장 좋다고 한다. 그렇다. 지금 바로 돌아가면 여섯 시간은 안 되더라도 세 시간은 잘 수 있다. 내일은 날씨도 덥다는데 체력을 비축해 두어야 한다. 이런 놈들을 상대하느라 소중한 수면시간을 빼앗길 필요는 없다. 여기서 한두 마디 정도 나무란 다음 그냥 적당히 수습하는 거야…….

나는 이시하라를 덮쳤다. 그러나 아베가 재빨리 튀어나와 이시하라와 나 사이에 끼어들어 두 손으로 내 가슴을 밀쳐 버렸다. 뒤뚱뒤뚱 밀려나다가 다리가 엉켜 그만 엉덩방아를 찧고 말았다. 쿵, 소리가 복도를 울렸다. 바로 일어설 수 없었다. 몸이 이상하리만치 무겁고 딱딱하게 굳어 있었다. 나는 차가운 바닥에 무거운 엉덩이를 깐 채 이시하라를, 아베를 올려다보았다. 이시하라가 표정 없이 내 얼굴을 바라보며 고개를 좌우로 꺾었다. 뽀드득, 소리가 났다. 아베는 두 손목을 빙글빙글 돌리더니 주먹을 불끈 쥐었다. 아무래도 두 사람은 워밍업을 한 것 같았다. 마지막으로 히라사와가 이시하라 곁에 서더니 나를 내려다보았다. 그리고 연민에 가득한 또는 경멸하는 듯한 눈길로 말했다.

"본인도 이런 사태에 혼란스러워하면서 깊이 반성하는 눈칩니다."

히라사와는 그렇게 말하고 왼손을 내밀었다. 나는 그 손을 무시했다. 히라사와는 아무 일도 없었다는 듯 그 손을 얼굴 앞으로 가져가더니 손목에 찬 시계를 보며 말했다.

"벌써 시간이 이렇게 되었습니다. 내일 다시 오겠습니다. 우리는 학생을 집까지 데려다주어야 해서 이만 실례할까 합니다."

히라사와가 가볍게 몸을 숙이자 이시하라와 아베도 따라서 가볍게 고개를 숙였다. 그리고 히라사와가 그날 밤 처음으로 미소를 띠며 말했다.

"그럼."

세 사람이 내 앞을 지나간다. 나는 바닥에 주저앉은 채 엘리베이터 홀로 걸어가는 놈들의 등을 바라보았다. 놈들이 엘리베이터 홀 앞에 멈추어 섰다. 아베가 웃음을 띤 채 무슨 말을 중얼거리면서 이시하라의 머리를 쥐어박으려 하자, 이시하라가 몸을 뒤틀어 아베의 손길을 피했다. 그 바람에 얼굴이 나를 향했고 이시하라와 나의 눈길이 마주쳤다. 어렴풋한 불빛 속에서 이시하라가 도발적인 웃음을 던졌다. 나는 깊이 숨을 들이쉰 다음 천천히 자리에서 일어나 엘리베이터 홀 쪽으로 몸을 돌렸다. 이시하라와의 거리는 15미터 정도나 될까. 엘리베이터가 도착하기 전에 놈들을 덮치는 거다. 그다음 일은 나도 모르겠다. 자, 가자.

내가 발걸음을 떼려는 그 순간 이시하라가 갑자기 두 팔을 굽히더니 파이팅 포즈를 취했다. 그리고 왼쪽 주먹을 빠르게 앞으로 내밀었다가 제자리로 가져갔다. 순간적인 동작이었지만 이시하라가 복싱 경험자라는 사실을 알 수 있었다. 그것은 정확히 훈련받은 기능적이며 합리적인 움직임이었다. 앞으로 주욱 뻗어 나온 펀치는 날카롭고 묵직해서 공기를 가르는 소리가 들려올 정도였다.

그래서 나는 그 자리에서 한 발짝도 움직이지 못하고 놈들이 엘리베이터 안으로 사라지는 모습만 그냥 지켜보아야 했다. 상자 안으로 들어가기 전에 이시하라는 거만한 웃음을, 아베는 조소를, 히라사와는 은근히 무례한 인사를 나에게 보냈다. 손이라도 흔들어 주어야 했을까?

놈들이 사라진 후, 복도에 귀가 아플 정도로 적막한 심야의 공기가 가득 들어차면서 병원은 본래의 질서정연한 모습을 드러냈다. 그 속에서 나만이 이질적인 존재였다. 나는 당장이라도 고함을 질러 그 정적과 질서를 마구 흔들어 놓고 싶었다. 그러나 나에게 그럴 만한 배짱이라도 있었더라면 벌써 놈들에게 덤벼들었을 것이다. 그렇다. 내가 할 수 있는 일이란 고작 그 자리에 쪼그리고 앉아 굴욕을 곱씹으며 정적과 질서에 동화하기 위해 노력하는 것뿐이다. 그리고 나는 실제로 그렇게 했다. 유코가 오지 않았더라면 언제까지고 그런 자세로 있었을 것이다.

"왜 그래요?"

유코가 속삭이듯 물었다.

"아무것도 아냐. 하루카는?"

나는 일어서면서 물었다.

"진정제 맞고 잠들었어요."

"그랬어……?"

나는 가볍게 숨을 토해 내고 말을 이었다.

"집에 가야지."

택시 안에서 유코하고는 단 한 마디도 나누지 않았다.

유코는 얼굴을 창에 대고 창밖만 바라보았다. 나는 반대편 창밖으로 스쳐가는 풍경을 망연히 바라보았다.

새벽 두 시 반, 집에 도착했다.

가볍게 샤워를 하고 이를 닦고 잠자리에 든 것이 세 시.

옆 침대에서 유코가 고른 숨소리를 내기 시작한 것이 세 시 반.

자명종 시계가 울린 것이 여섯 시.

유코가 침대를 빠져나간 것은 여섯 시 3분.

여섯 시 15분, 나는 침대에서 몸을 일으켰다.

한숨도 자지 못했다.

일상의 톱니바퀴가 완전히 뒤틀려 버렸다.

나를 둘러싼 세계가 무너져 내렸다.

7월 10일

　아침 식탁에서도 유코는 말이 없었다.

　어색한 침묵을 깨려고, 학교는 괜찮으냐고 물었더니, 어제 기말시험이 끝나 오늘부터 휴일이니까 괜찮다고 대답한다. 그랬다. 나는 하루카의 일상에 대해 아무것도 몰랐다.

　준비를 마치고 집을 나서기 전에 부엌에서 설거지를 하는 유코의 등을 향해, "퇴근하는 길에 병원에 들를 거야. 힘들 테니 저녁준비는 안 해도 돼." 하고 말을 던졌다. 유코는 뒤도 돌아보지 않고 가볍게 고개를 끄덕였다.

　집을 나서서 아침 햇살을 받는 순간, 보이지 않는 손이 눈꺼풀을 세차게 누르는 듯한 압박감에 사로잡혔다. 대학 시절, 밤을 새우고 마작 방을 나섰을 때 느꼈던 그런 감각이었다. 그 즈음은 이삼일 밤을 새워도 아무렇지 않았다. 벌써 20년도 더 지난 옛날 일이다. 나는 손가락으로 눈꺼풀을 문지르면서 역으로 이어지는 길을 걸었다.

늘 그렇듯 만원전철을 타고 회사에 도착하여 늘 하듯이 책상에 앉아 일을 했다. 그리고 점심시간이 되자 늘 그랬듯이 회사 부근 식당에서 메밀국수를 먹었다. 평소와 다른 점은 도무지 식욕이 없다는 것이었다. 오늘 아침에도 밥알이 목구멍을 넘어가지 않았다.

오후 일곱 시가 조금 지나 일을 정리하고 하루카가 입원한 병원으로 향했다.

가장 가까운 전철역에서 내려 서쪽으로 뻗은 오르막길을 올랐다. 언덕 위에 올라선 다음 오른쪽으로 꺾어 벚꽃나무로 유명한 길을 걸었다. 꽃이 달려 있지 않은 밤의 벚나무 길은 살풍경하기 그지없었다. 5분 정도 걸어서 병원에 도착했다.

어젯밤처럼 응급실이 아닌 정면 입구를 통해 들어갔다. 엘리베이터 홀을 찾는 데 약간 시간을 소모하고 상자에 올라탔다. 7층에서 내렸다. 어제와는 달리 조명이 밝고 간호사와 입원 환자들이 오가는 복도에는 활기가 넘쳐났다. 나는 오른쪽에 있는 대기실을 바라보면서 하루카의 병실로 향했다.

병실 문 앞에서 유코가 고개를 수그리고 서 있었다. 정신을 어디다 팔고 있는지 내가 다가오는 것도 몰랐다. 내가 눈앞에 서자 유코는 놀라서 어깨를 세우며 얼굴을 들었다.

"하루카는?"

"오늘 정밀검사를 받았는데 특별한 이상은 없대요."

"다행이야."

나는 그렇게 말하고 문손잡이를 잡으려 했다. 그러자 유코가 내 손목을 잡았다.

"왜?"

유코는 머뭇거리며 말했다.

"하루카, 보고 싶지 않다고⋯⋯."

"나를?"

나는 놀랐다.

"나를 만나고 싶지 않다는 거야?"

유코는 가볍게 고개를 끄덕였다. 나는 유코의 손을 뿌리치고 문을 열었다.

"들어오지 마."

하루카의 외침과 함께 베개가 날아와 내 얼굴을 쳤다. 나는 어젯밤과 거의 같은 자리에 멈춰 서서 하루카를 바라보았다. 하루카는 침대 위에 앉아서 나를 향해 왼손바닥을 활짝 펼쳐 앞으로 내밀며 나의 움직임을 막았다. 얼굴 왼쪽 반에는 가제가 그대로 붙어 있었다. 그리고 오른쪽 눈에는 나에 대한 불신감이 빛을 발했다. 나는 멍하니 선 채 그 눈빛을 바라보았다.

그 왼손이 천천히 아래로 내려가 침대 위에 놓였다. 하루카의 눈빛이 점점 약해져 갔다.

"나가 줘……."

나는 발아래 떨어진 베개를 주워 들고 발걸음을 돌려 병실에서 나왔다. 문 앞에서 기다리던 유코에게 베개를 건네주고 대기실에서 기다리겠노라 하고는 복도 끝 쪽으로 걸어갔다.

대기실 벤치에 앉았다. 들었던 가방을 내려놓은 다음, 몸을 앞으로 기울이고 깊은 한숨을 내쉬었다. 뜨거운 햇살을 받는 것도 아닌데 보이지 않는 손이 여전히 관자놀이 부근을 꽉 쥐어짜는 것 같았다. 숨을 들이쉬었다. 공기가 심장 부근에 고이면서 무겁게 짓눌렀다. 괴롭다, 괴롭다, 괴롭다…….

양동이와 밀걸레를 든 늙은 남자 청소부가 나타나 눈앞의 바닥을 닦기 시작했다. 어젯밤 내가 쪼그리고 앉았던 자리 부근을 열심히 닦는다. 얼굴에는 아무런 감정이 없다. 오로지 의무를 다하기 위해 기계처럼 움직인다. 나는 두 손으로 머리를 감쌌다. 바닥의 때는 닦으면 지워질 것이다. 하루카의 얼굴에 난 상처도 사라질 것이다. 그러나…….

문득 정신을 차려보니 청소부가 보이지 않았다. 물기를 머금은 바닥은 불빛을 반사하면서 기분 나쁘게 번들거렸다.

병실을 나와 벚나무 길을 걸을 때, 유코는 가슴 졸이는 목소리로 말했다.

"하루카, 아무 말도 하지 않아요⋯⋯."

나는 가볍게 고개를 끄덕이며, 그러냐고 대답했다. 그리고 집으로 돌아올 때까지 유코는 한마디도 하지 않았다.

가까운 역에 도착하여 버스를 타려는데 대기선수들 모습이 보이지 않았다. 손목시계를 보니 아직 아홉 시 20분이었다. 낯선 젊은 남녀의 대열에 끼는 순간, 일상의 하잘것없는 뒤틀림에 짜증이 일었다.

집에 돌아오자마자 유코는 나에게 하얀 봉투를 내밀었다.

"저녁에 그 사람들이 와서 이걸 두고 갔어요."

봉투를 받아들고 내용물의 끄트머리를 집어 보니 1만 엔짜리 돈다발이었다.

"위로금이라고 했어요."

유코의 목소리에는 아무런 느낌도 들어 있지 않았다.

"입원비는 퇴원한 다음 영수증을 보내 주면 지불하겠다고 했고요."

나는 고개를 끄덕이고 내용물을 봉투 안으로 밀어 넣었다.
유코는 짧은 침묵을 지키다가 한숨을 내쉬며 말했다.
　"저녁 어떡할래요?"
　나는 고개를 저으며 필요 없다고 말했다.

　잠자리에 든 것이 자정.
　자명종이 울린 것이 여섯 시.
　유코가 침대를 빠져나간 것이 여섯 시 3분.
　내가 침대에서 빠져나온 것이 여섯 시 15분.
　한숨도 자지 못했다.
　다시 똑같은 하루가 시작된다.
　언제까지 견딜 수 있을까?

7월 12일

요 며칠 동안 거의 잠을 자지 못했다. 회사를 오가는 전차나 버스 속에서 조는 정도였다. 잠자리에 들어서도 날이 샐 때까지 어둠만 응시하다가 일어났다.

식사도 거의 하지 못했다. 식욕이 없기도 했지만 배가 고프지 않았다.

하루카에게 거부당한 이래로 병원에는 가지 않는다. 유코와는 최소한의 대화만 나눈다. 하루카는? 여전히 말이 없어요. 그런가…….

오랜 세월에 걸쳐 내가 만들어 놓은 일상이 그냥 무너져 내릴 지경이다. 살짝 건드리기만 해도 그것은 소리도 없이 찌부러지고 말 것이다. 그리고 그런 날이 소리도 없이 찾아왔다. 점심시간에 자주 가는 메밀국수집에서.

그때 나는 눈앞에 놓인 메밀국수에는 손도 대지 않고 보리차가 든 컵을 손에 들고 멍하니 텔레비전 화면을 바라보았다. 화면에서는 스포츠 뉴스가 흘러나왔고 어떤 프로 야구선수의 은퇴가 화제의 초점이었다. 그 선수는 하루카가 태어난 해 프로 구단에 들어갔었다.

은퇴 뉴스와 불어난 메밀국수를 떨쳐 내고 지갑에서 돈을 꺼내며 자리에서 일어서려 하는데 텔레비전 화면에서 쉿, 쉿, 하는 둔탁한 소리가 들려왔다. 반사적으로 화면을 바라보았다. 이시하라였다. 트레이닝 웨어를 뒤집어쓰고 복싱 글러브를 끼고서 샌드백을 두들기는 참이었다. 거기에 여자 아나운서의 목소리가 겹쳤다.

"8월 1일부터 시작되는 전국고등학교 체육대회를 앞두고 마지막 연습에 열중하는 이시하라 선수입니다. 올해의 각오는 작년에 비할 바가 아닐 것입니다. 왜냐하면 3년 연속 우승이 걸린 해이기 때문입니다."

트레이닝 영상이 사라지고 마이크 앞에 선 이시하라의 모습이 비쳐 왔다. 겸연쩍은 듯 얌전한 태도로 카메라를 바라보는 이시하라의 모습은 그야말로 순진무구한 소년 그 자체였다.

"삼연승에 대한 각오는?"

인터뷰어가 이시하라에게 물었다.

"열심히 연습할 따름입니다. 그러면 자연히 결과가 나올 겁니다."

정말로 시원스런 대답이었다.

다시 화면은 트레이닝 영상으로 돌아가고 펀칭미트로 이시하라의 펀치를 받아 주는 아베의 모습이 비쳤다. 그날 밤처럼 빨간 트레이닝 웨어 차림이었다. 이시하라는 아베를 향해 날카롭고 묵직한 펀치를 연발했다. 펀치가 미트에 닿을 때마다 폭죽이 터지는 듯한 파열음이 울렸다. 아마추어의 눈에도 몸동작이 날렵하고 상당한 테크닉을 갖춘 복서임을 알 수 있을 정도였다.

갑자기 트레이닝 영상이 멈추고, 히라사와의 얼굴이 클로즈업됐다. 화면 구석에 '가이난 고등학교 교감 히라사와 쇼고 씨'라는 자막이 나타나면서 인터뷰가 시작되었다.

"이시하라는 성적도 우수하고 품행방정하여 우리 학교의 이상을 구현한 학생입니다."

히라사와는 그렇게 말하고 입가에 푸근한 미소를 머금으며 말을 이었다.

"우리 교직원 모두는 이시하라를 자랑스럽게 생각합니다."

다시 이시하라의 트레이닝 영상으로 돌아가 아나운서의 음성이 흘러나왔다.

"고교 시절의 마지막 여름을 이시하라 군은 하드 트레이닝으로 보냅니다. 한창 놀 나이에 참으로 감탄할 만한 태도라 하지 않을 수 없습니다. 그런데 이시하라 선수의 부모님은 여러분도 잘 아시겠지요."

트레이닝 영상 한구석에 이시하라의 부모 사진이 나왔다. 아나운서는 말을 이었다.

"아버님은 배우 이시하라 유타로 씨, 어머니는 여배우 고토 메구미 씨입니다."

트레이닝 영상이 끝나고 다시 이시하라의 인터뷰 영상이 나타났다.

"부모님도 응원해주셔요?"

이시하라는 순진한 웃음을 머금고 고개를 끄덕이며 말했다.

"예, 티는 내지 않지만 적극적으로 지원해주십니다. 만일 삼연패를 달성하면 차를 사 주겠다고 하셨습니다. 그래서 이번 시합이 끝나면 운전학원에 다닐 생각입니다."

갑자기 화면이 다른 채널로 바뀌었다. 가게 아주머니가 리모컨을 손에 들었다. 화면은 몇 번 바뀌더니 결국 대낮부터 찌질한 인생상담을 내보내는 채널에 고정되었다.

나는 컵에 남은 보리차를 들이켜고 자리에서 일어섰다.

오후 열 시 3분.

늘 그렇듯이 벤치 입문의식을 치르고 대기선수 대열에 들어 갔다. 오늘은 누구든 상관없이 말을 걸어 볼까 했지만, 결국 입을 열지 못했다. 그 대신에 버스를 내릴 때 평소보다 더 머리를 깊이 숙였다. 한순간 버스 안의 분위기가 바뀌었지만 그것은 일상 속에서 일어나는 너무도 사소한 이변에 지나지 않았다.

버스에서 내린 다음 잠시 달려가는 버스 꽁무니를 바라보았다.

자정이 되어서야 잠자리에 들었다.

내일을 위해 자야겠다고 생각했지만 잠이 오지 않았다.

어둠을 응시하는 것도 지겨워 새벽 세 시가 지나 침대에서 빠져나와 거실로 갔다. 불도 켜지 않은 채 소파에 앉았다. 텔레비전을 볼 생각도 없었다. 문득 벽 아래 놓인 오디오 세트가 눈에 들어왔다. 소파에서 일어나 레코드 락 앞으로 갔다. LP 레코드를 꺼내 재킷을 바라보며 곡을 골랐다. 찰스 밍거스의 〈광대〉로 정했다.

레코드를 턴테이블 위에 올려놓고 헤드폰을 귀에 대고 바늘을 레코드 위에 올렸다. 첫 번째 곡 〈하이치인, 전투의 노래〉가 흘러나오기 시작했다. 밍거스의 베이스가 찬찬, 울려 나온다. 밍거스는 인종차별에 분노한다. 날이 밝으면 내 반드시 이시하라 놈에게 뭔가를 보여 주고야 말리라.

〈광대〉를 반복해서 들으며 날이 새기를 기다렸다.

커튼 사이로 아침햇살이 비쳐 들기 시작했다.

이제 곧 이시하라는 자신의 죄를 깨닫게 될 것이다.

7월 13일

내가 잠옷 차림으로 식탁에 앉자 유코가 이상하다는 표정으로 무슨 일이냐고 물었다.

"오늘은 늦게 나갈 거야. 점심때쯤에."

내가 그리 대답하자 유코는 불안한 눈길로 나를 바라보았다. 나는 테이블 위에 놓인 신문을 펼쳐 활자를 읽는 척하며 유코의 시선을 피했다.

식사를 끝내고 거실 소파에 앉아 텔레비전 화면을 보는데 외출 준비를 갖춘 유코가 눈앞에 섰다.

"병원에 갈 거예요."

나는 화면에서 눈길을 떼고, 응, 하고 고개를 끄덕였다. 유코는 머뭇거리면서 문 앞에서 나를 빤히 바라보았다.

"다녀올게요……."

유코의 불안한 목소리에, 나는 다시, 응, 하고 대답했다.

현관문 닫히는 소리를 듣고서야 텔레비전을 끄고 소파에서 일어섰다.

우선 욕실로 가서 세수를 했다. 타월로 얼굴을 닦으면서 거울에 비친 내 모습을 바라보았다. 괴이쩍게 빛나는 눈동자와 눈두덩에 진 어두운 그림자가 뚜렷한 대조를 이루었다. 그러나 생기로 가득 찬 눈빛은 아니었다. 얼굴 전체에는 생활에 지친 나이든 남자의 그늘이 짙게 깔렸다. 무리도 아니다. 며칠 동안 거의 잠도 자지 못했고, 식사도 제대로 하지 못했으니까. 그러나 그것도 오늘로 결판이 날 것이다.

침실로 가서 양복을 입었다. 히라사와에게 받은 명함을 가방 안에서 꺼내 안주머니에 간직했다. 마지막으로 부엌에 가서 칼을 찾아 타월로 감아 가방 안에 넣었다.

현관에서 구두를 신고 심호흡을 한 다음 집을 나섰다. 독한 결심을 지워 버릴 듯한 강렬한 여름 햇살이 나를 기다렸다. 눈을 뜨는 것 자체가 고통스러울 정도였다. 참자. 몇 시간만 참으면 된다.

문을 닫고 멈춰 서서 내 집을 돌아보았다. 하루카의 방문 창에 커튼이 드리워 있다. 문득 그 방의 어둠이 떠오르면서 눈물이 날 것 같은 기분이었다. 나는 커튼 여는 방법을 모른다. 내가 없어지면 누군가 닫는 방법을 아는 사람이 와서 커튼을 열어 줄 것이다.

나는 잠깐 눈을 감고 집 모습을 머릿속에 단단히 새긴 다음 눈을 뜨고 역으로 향했다.

이시하라의 학교는 신주쿠에서 JR선을 타고 가면 하루카가 다니는 고등학교의 역 하나 앞이다.

나는 가까운 역에서 내려 개찰구를 빠져나와 역 구내를 거쳐 바깥으로 나섰다. 태양은 거의 하늘 가장 높은 곳에 올라 소나기처럼 햇살을 퍼부으며 오가는 사람들의 얼굴을 일그러뜨렸다. 나는 심한 현기증에 사로잡혔지만 세차게 머리를 흔들어 흐릿한 시야를 떨쳐 버렸다.

안주머니에서 히라사와의 명함을 꺼내 들고 역 앞에 설치된 안내판 쪽으로 걸어갔다. 명함 속의 주소와 지도를 대조하여 대강의 위치를 파악한 다음, 이시하라의 학교를 향해 발걸음을 옮겼다.

5분 정도 걸었는데 땀이 비 오듯 등줄기를 타고 엉덩이 사이로 떨어져 내렸다. 뒤통수가 뜨겁다. 다리가 흐느적거리고 때로 무릎이 꺾어질 듯 후들거리기도 했다. 빨리 가야 한다는 초조감 때문에 몇 번이나 길을 잘못 들어 시간과 체력을 소모하고 말았다.

20분 정도 걸은 다음 번지표시를 찾는 걸 포기하고 길 가는 사람에게 묻기로 했다. 마침 건너편에서 다가오는 내 또래로 보이는 주부 한 사람에게 이시하라의 고등학교 이름을 대고 길을 묻자, 아마 저쪽일 걸요, 하고 길을 가르쳐주었다.

"이 길을 곧장 가서 벽이 나타나면 왼쪽으로 꺾었다가 횡단보도를 건너면 길이 나타날 겁니다. 그 길을 일이백 미터만 가면 그 학교가 나올 거예요."

지금 나에게는 100미터와 200미터의 차이란 심각한 것이었지만 어쨌든 가르쳐주는 대로 길을 따라갔다.

큰길로 나와 잠시 걸어서 앞쪽을 바라보니 오른쪽에 높은 건물이라고는 하나도 없는 넓은 공간이 보였다. 그라운드를 둘러싼 철조망이 각도에 따라 언뜻 보이기도 하고 보이지 않기도 했다. 나는 속도를 조금 늦추었다. 그 대신에 가슴의 고동은 점점 빨라져 갔다. 오른손을 슬쩍 가방 안에 넣고 칼을 확인했다.

교사로 보이는 건물이 나타났다. 분명 학교시설이었다. 부지가 눈앞에 다가왔다. 나는 더욱 느려진 발걸음으로 정문을 찾았다. 그러나 정문은 그 앞을 버티고 선 두 대의 트럭으로 교내로 통하는 길은 막혀 있었다. 정문 곁의 벽이 무너진 것으로 보아 보수공사를 하는 모양이다. 어떻게 하면 좋을까 망설이면서 정문 앞을 지나치는데 운동장을 둘러싼 철망에 '출입구'라고 쓴 종이 화살표가 보였다. 그 화살표를 따라 나아가자 철제 문에 달린 조그만 입구가 나타났다. 나는 그 입구 앞에 멈춰 서서 심호흡을 했다. 그러나 호흡은 더욱 불안정해지고 입에서 공기가 마구 새어 나왔다. 나는 가방 안에 손을 넣고 칼 손잡이를 잡았다. 가슴의 고동은 점점 더 거칠어졌다.

갑자기 구내 어디선가 몇 사람의 웃음소리가 들려왔다. 내 몸은 그 소리에 반응하며 바르르 떨렸다. 나는 가방 안에 손을 넣은 채 출입구를 뚫고 구내로 들어섰다. 이제는 돌이킬 수 없다.

출입구 안으로 들어서자마자 발걸음을 멈추었다. 눈앞에는 20미터 정도 길이의 길이 있고 왼편으로 굽어지는 모퉁이가 보였다. 아마도 그곳을 돌아들면 교사로 이어지는 통로가 나올 것이다.

저 모퉁이를 돌아서 교사로 들어가 교직원실을 찾은 다음, 히라사와 아니면 아베를 잡아 사과할 것을 요구하고 이시하라를 불러내어서는—.

내가 거기까지 생각했을 때, 모퉁이 쪽에서 웃음소리가 들려왔다. 목소리가 가깝다. 나는 칼 손잡이를 꼭 잡았다. 심장이

터질 것처럼 쿵쾅거렸다. 혀로 몇 번이나 메마른 입술을 축였지만 금방 메말라 버렸다.

모퉁이에서 네 명의 남자가 나타났다. 하나같이 흰색 반팔 와이셔츠에 검은 바지 차림의 학생이었다. 뭐가 그리 즐거운지 얼굴 가득 웃음을 머금으며 사이좋게 걸어왔다. 오른쪽 끝에 있는 남자가 내 모습을 발견하고 웃음을 지우면서 경계하는 표정을 지었다. 오른쪽에서 하나씩 순서대로 나의 존재를 알아차리고 세 사람의 발걸음이 모두 멈추었다. 남은 왼쪽 끝 하나만이 나의 존재를 알아차리지 못한 채, 정말 웃겨서 말이야, 라며 내 쪽으로 걸어왔다.

"야마시타!"

처음 나를 발견한 남자가 아무 생각 없이 걸어오는 남자를 향해 소리쳤다. 야마시타라는 남자는 깜짝 놀라면서 발걸음을 멈추었다. 야마시타는 고개를 돌려 세 명의 남자를 바라본 다음, 세 명의 시선을 따라 내 얼굴에 시선을 고정했다. 그다음의 내 행동은 아무런 계획도 없는 돌발적인 것이었다. 요컨대 너무 당황한 나머지 머릿속이 새하얗게 변해버린 것이다.

나는 가방 안에서 오른손을 빼내고 가방을 던져 버렸다. 내 손에 쥐어진 물건을 보고 야마시타의 눈이 왕방울만해졌다.

"천천히 뒤로 물러나."

처음 나를 발견한 남자가 야마시타를 향해 냉정한 어조로 말했다. 야마시타는 그 말에 따라 천천히 뒷걸음질쳐서 세 사람과 나란히 섰다. 야마시타는 발걸음을 멈추고 조심스런 햄스터처럼 눈을 데굴데굴 굴리면서 진지한 표정으로 말했다.

"혹시 몰래 카메라?"

"너, 언제부터 스타가 된 거야?"

최초로 내 존재를 알아차린 남자가 여전히 냉정한 어조로 그렇게 말하자, 다른 두 사람이 즐겁게 깔깔대며 웃었다. 네 명 모두 칼을 든 사람을 대하는 태도라고 할 수 없었다. 그리고 그 태도가 내 신경을 건드렸다. 나는 칼을 앞으로 내밀고 말했다.

"이시하라 데리고 왓!"

"이시하라? 몇 학년 몇 반?"

최초로 나를 발견했던 남자가 물었다.

"그걸 내가 어떻게 알아! 복싱 챔피언이란 놈!"

다른 두 사람이 얼굴을 마주 보고, 또야, 그런 것 같아, 하고 말했다.

"까불지 말고 어서 데리고 오지 못해!"

"무리야."

최초로 나를 발견했던 남자가 말했다.

"뭐가 무리라는 거야!"

"그게……."

최초로 나를 발견한 남자가 거기까지 말했을 때 네 명의 배후에서 한 남자가 나타났다. 남자의 모습을 보고 야마시타의 얼굴이 갑자기 밝아졌다. 최초로 나를 발견한 남자는 입을 다물고 방금 나타난 남자에게 눈길을 던지더니 손가락으로 내 쪽을 가리켰다. 새로 나타난 남자는 최초로 나를 발견한 남자를 향해 고개를 끄덕이고는 나를 바라보았다. 날카로운 눈길이었다. 이시하라와 같은 종류의 눈길이지만 이시하라보다 더 깊고 촉촉했다. 이시하라의 눈이 길바닥의 작은 물웅덩이라면 새로 나타난 남자의 눈은 큰 바다였다.

나는 남자의 눈길에 빨려들 듯한 느낌에 사로잡히면서 패배감에 휩싸였다. 그러나 이제 와서 무슨 소용이란 말인가. 나는 오른팔을 힘껏 내뻗으며 남자를 향해 외쳤다.

"뭐야, 넌!"

남자는 내 말을 무시하고 나를 향해 걸어오기 시작했다. 그와 동시에 내 호흡은 마구 흔들리고 온몸이 사시나무처럼 떨리기 시작했다. 남자는 거침없는 걸음으로 다가온다. 앞으로 5미터. 나는 견딜 수 없는 두려움에 사로잡혀 뒷걸음질치려 했지만 발이 움직여 주지 않았다. 앞으로 3미터. 누구 없어. 제발 도와줘. 앞으로 1미터. 남자가 뿜어내는 기에 눌려 등허리가 송두

리째 흔들리기 시작했다. 나는 너무도 무서워 그냥 눈을 감아
버리고 반사적으로 남자를 향해 칼을 내밀었다.

　그다음에 무슨 일이 일어났는지 아무 기억이 없다. 칼을 찌
름과 동시에 공중에 붕 떠오른 듯한 느낌이 들었고, 정신을 차
려 보니 땅바닥에 널브러져 있었다. 통증을 느끼고 눈을 뜨자
어느새 나는 땅바닥에 엎드린 자세였고 팔은 뒤로 돌려진 상태
였다. 내 오른손에는 이미 칼은 없었다. 나는 잘 움직이지 않는
목을 억지로 오른쪽으로 돌리고 눈을 치켜들어 쳐다보았다. 따
가운 햇살 때문에 눈이 저절로 가늘어졌다. 그러나 태양을 배
경으로 선 남자의 얼굴은 잘 보이지 않았다. 남자의 모습은 검
은 그림자로 내 시계를 덮었다. 그 그림자가 너무 커 보였다.

　"아저씨, 까불면 안 돼."

　바위처럼 단단한 의지가 담긴 목소리.

　한순간에 온몸이 쪼그라들었다. 머리가 무거워 왼쪽 볼을
땅에 갖다 댔다. 데일 듯이 뜨겁다. 그러나 머리를 들 힘도 남아
있지 않았다.

　될 대로 되라지.

　나는 엄습하는 깊은 절망감과 풀처럼 달라붙는 피로, 그리
고 약간의 해방감에 손발이 묶인 채 어두운 의식의 심연으로
빨려 들어갔다.

그리고 세계는 새카맣게 닫혀 버렸다.

◆ ◆ ◆

맨 먼저 청각이 되살아났다.

"이거 정말 재미있는 일이 생길지도."

"아아."

그다음에 눈을 떴다. 눈앞에는 어둠이 펼쳐져 있었다. 눈꺼풀이 무겁고 눈썹에 뭔가가 달라붙어서 불쾌했다. 그것을 벗겨내려고 눈 주위에 손을 대 보니 젖은 타월이 올려 있었다. 타월을 벗겨 냈다. 빛이 되살아났다. 천장이 보였다. 실내였다. 나는 벽 쪽에 놓인 낡은 소파에 누워 있었다.

"정신이 들어요?"

그 목소리에 얼굴을 들었다. 남자는 웃음 띤 얼굴로 나를 바라다보았다. 남자는 방 거의 한복판에 놓인 책상에 앉아 있었다. 나를 쓰러뜨린 남자는 반대편 벽에 난 창틀에 앉아 지겹다는 눈길로 나를 바라보았다. 그의 손에는 칼이 들려 있었다. 야마시타라는 남자는 방에 없고, 나머지 두 사람은 책상 주위에 놓인 파이프 의자에 앉아 나를 바라보았다.

"괜찮아요? 가벼운 일사병인 것 같은데."

남자는 나긋나긋한 목소리로 말했다.

"여긴 학교이고 교사용 준비실이니까 마음놓으세요."

나는 윗몸을 일으킨 다음 소파에서 두 발을 내리고 남자를 똑바로 바라보았다. 남자는 의자를 끌고 와서 내 바로 곁에 자리를 잡고 말했다.

"아, 소개가 늦었네요. 나는 미나가타라고 합니다. 이 학교 학생이고 2학년입니다."

미나가타는 웃는 얼굴로 손을 내밀었다. 나는 당황하면서 무의식적으로 어물쩍 손을 내밀어 악수를 했다.

"우리는 모두 같은 반입니다."

미나가타는 그렇게 말하면서 손을 놓고 다른 세 명 쪽을 돌아보았다.

"저는 이다라시키라고 합니다."

파이프 의자에 앉은 한 사람이 그렇게 말했다. 피부색이 거무스름하고 둥그스름한 얼굴에 부리부리하고 커다란 눈에서 따스한 기운이 떠올랐다.

"이름이 좀 특이하죠? 오키나와 출신입니다." 하고 미나가타가 이름에 대해 설명해주었다.

"저는 가야노라고 합니다."

파이프 의자에 앉은 또 한 사람이 그렇게 말했다. 검은 눈동자가 작은 눈을 가득 채웠고, 눈 위에 붙은 굵은 눈썹은 그 눈동자보다 더 검었다.

"가야노는 홋카이도 출신입니다." 하고 미나가타가 덧붙였다.

자기소개를 끝낸 미나가타와 이다라시키와 가야노가 나를 쓰러뜨린 남자를 바라보았다. 남자는 아무 말도 하지 않고 칼을 빙글빙글 돌리면서 나를 보았다. 미나가타가 말했다.

"아저씨를 쓰러뜨린 저 친구는 박순신. 특이한 이름이죠? 재일조선인입니다. 그런데 아저씨 이름은요?"

나는 황망히 대답했다.

"스즈키라고 합니다."

미나가타는 흡족한 듯한 표정으로 고개를 끄덕였다.

"그럼 본론으로 들어가지요. 이시하라를 찾는다고 하셨는데 애석하게도 이 학교에는 없습니다."

내가 말뜻을 못 알아듣자, 이다라시키가 미나가타의 말을 보충 설명해주었다.

"이 학교에서 200미터 정도 떨어진 다른 학교에 가면 찾을 수 있습니다."

내가 시선을 돌려 이다라시키를 바라보자, 곁에 있던 가야노가 말을 이었다.

"학교를 잘못 찾아오신 겁니다."

내가 가야노 쪽으로 시선을 옮기자 이다라시키가 말을 이었다.

"큰 착각을 하신 거죠. 저쪽은 명문, 이쪽은 삼류."

이다라시키 쪽으로 시선을 옮기자 가야노가 말했다.

"100미터 옮길 때마다 커트라인이 10점씩 올라갑니다."

이번에는 내가 먼저 이다라시키 쪽으로 시선을 옮겼지만 이다라시키는 입을 열지 않았다. 이다라시키와 가야노 얼굴에 장난스런 웃음이 떠올랐다. 가야노가 입을 열었다.

"이쪽은 반경 1킬로미터 안에 고등학교가 네 개나 있습니다. 지난번에도 이시하라를 취재하려는 방송국 사람들이 우리 학교를 찾아오기도 했거든요."

"어차피 그쪽에 가도 없을 겁니다. 시험이 끝나고 며칠 쉬니까요. 아, 우리는 특별등교입니다."

그제야 나도 입을 열었다.

"특별등교?"

미나가타가 빙긋 웃으며 말했다.

"어떤 이유가 있어서 선생에게 조사를 받는 중입니다."

"조사……?"

나는 머뭇거리며 말했다.

미나가타는 거기에 대해 더는 설명하지 않고 말을 이었다.

"그건 그렇고 이시하라 문제로 넘어갈까요. 그놈이 무슨 짓을 한 겁니까?"

"……."

미나가타는 상냥한 미소를 지으며 나를 바라보았다.

"스즈키 씨, 이것도 무슨 인연이라고 생각하지 않습니까? 지금 일본에는 1억 이상의 인간이 삽니다. 그 가운데 우리와 스즈키 씨가 만날 확률은 내 계산으로는 주먹만 한 운석 하나가 지구에 떨어져서 들판에 한 채만 서 있는 단독주택 화장실 변기를 박살 낼 확률과 거의 비슷할 겁니다. 상식적으로 있을 수 없는 확률이 아닐까요?"

이다라시키와 가야노는 장난스런 미소를 머금은 채 미나가타를 바라보았다. 박순신은 재미없다는 표정으로 칼을 빙글빙글 돌리면서 나를 바라본다.

미나가타는 여전히 미소를 머금은 채 말을 이었다.

"그 확률과 우리를 믿고 이야기를 해 보지 않으실래요? 손해볼 것도 없지 않습니까? 스즈키 씨."

내가 대강의 이야기를 마칠 즈음에 바깥에서 쫘당, 소리가 들렸다.

"야마시타가 돌아왔습니다."

미나가타가 당연히 그 친구라고 말하고 몇 초 후, 문이 열리더니 정말로 야마시타가 안으로 들어왔다. 가슴에 편의점 봉투를 끌어안은 채 울상을 짓는다. 자세히 보니 왼쪽 팔꿈치 피부가 벗겨져 엷게 피가 밴 꼴이었다. 그러나 야마시타는 방으로 들어서는 순간 무거운 분위기를 느끼고는 표정을 바꾸더니 벽에 세워져 있던 파이프 의자를 들고 구석으로 가 앉았다. 미나가타가 책상 위의 티슈 케이스를 야마시타 쪽으로 던졌다. 야마시타는 땡큐, 하더니 티슈 한 장을 빼내 상처에 갖다 댔다.

미나가타가 내 쪽으로 고개를 돌리고 미간에 세로로 주름을 잡으며 말했다.

"기분은 잘 알겠지만……."

"난 절대로 놈을 용서 못해."

내가 그렇게 말하자 이다라시키가 입을 열었다.

"그렇지만 이시하라를 죽인다고 해서 문제가 해결되는 것도 아닐 텐데요."

나는 이다라시키에게 강렬한 눈길을 던지며 말했다.

"자네들이 내 기분을 어떻게 알겠어. 내가 내 딸을 어떻게 키웠는데…… 그 애는 나의 보물이야. 그런 보물에게 상처를 입혔단 말이야!"

가야노가 말했다.

"그렇지만 아버지가 살인자로 체포되면 그 딸이 슬퍼하지 않을까요?"

나는 가야노를 노려보았다.

"나는 딸에게 내가 딸을 지켜줄 수 있다는 걸 증명해야만 해! 그렇기 때문에 딸에게 상처를 입힌 그놈을 처단해야 하는 거야! 그걸 위해서라면 목숨을 걸어도 좋아!"

"그런데 왜 칼을 들고 다녀?"

차가운 목소리였다. 나는 박순신을 바라보았다. 그때야 알았다. 박순신의 오른쪽 눈꼬리에 세로로 5센티 정도의 상흔이 있다는 것을. 그 상흔이 조금 발갛게 물들어 내 눈을 끌었던 것이다.

"에!" 하고 나는 박순신의 말에 반응했다.

"목숨을 던져도 좋다면서? 그렇다면 목숨을 걸고 이시하라를 죽이면 되는 거야. 칼 같은 거 쓰지 말고."

"……."

"폼 잡지 말라구, 아저씨. 당신은 결국 자신이 중요한 거야. 자기 몸은 다치기 싫은 거잖아. 무서우니까 칼 따위나 들고. 자기 몸에는 상처 하나 입히지 않고 이기고 싶은 것뿐이야. 비겁한 겁쟁이에 지나지 않아. 당신은 소중한 걸 지킬 수 없어. 그리고—."

박순신은 거기까지 말하고 창틀에서 엉덩이를 들어올린 다음, 손에 들었던 칼을 머리 위로 치켜올리더니 책상 모서리에 있는 힘을 다해 내리쳤다. 깡! 소리가 방 안을 가득 채웠다.

박순신은 칼을 얼굴 앞으로 들어올렸다. 칼날 한복판의 이가 빠져나갔다. 박순신은 내 얼굴을 바라보며 말했다.

"이런 장난감으로는 사람을 죽일 수 없어."

박순신은 방구석에 있는 쓰레기통을 겨냥하여 칼을 던졌다. 칼은 정확하게 통 속으로 빨려 들어갔다.

반론의 여지가 없었다. 내가 고개를 떨구고 바닥을 바라보는데 부드러운 손길이 내 어깨를 톡톡 쳤다. 어느새 야마시타가 내 눈앞에 서서 웃음과 함께 편의점 봉투를 내밀었다.

"안에 얼음이 있으니까요. 숨골에 대면 기분이 나아질 겁니다."

나는 고맙다고 하고 얼음 봉지를 받아들고 시키는 대로 숨골에 갖다 댔다. 차가운 게 정말 기분이 좋았다. 나는 나도 모르게 눈물을 흘릴 뻔했다.

"자, 그럼."

분위기를 바꾸려는 듯 미나가타가 밝은 목소리로 말했다.

"아까도 말했지만 이것도 무슨 인연이 아닐까 합니다."

"그런데 한 가지 묻겠는데 따님은 어느 학교에 다닙니까?"

"세이와여자학원."

내가 그렇게 말하자 박순신을 제외한 네 명은 일제히 서로의 얼굴을 바라보았다. 네 명의 얼굴에 씩씩한 미소가 떠올랐다. 미나가타가 다시 내 쪽을 바라보며 말했다.

"어때요? 우리에게 모든 걸 맡겨 줄 생각은 없습니까?"

"맡긴다니 뭘?"

"우리가 이시하라에게 복수할 수 있는 무대를 만들 테니까 아저씨는 죽을 각오로 노력하는 겁니다."

"무슨 말인데?"

"단, 이번에는 칼은 안 됩니다."

미나가타는 사람 좋은 웃음을 머금으며 말을 이었다.

"이번 기회에 한번 해 보지 않겠습니까?"

이다라시키가 세일 냉장고를 권하는 전자제품 가게 점원 같은 태도로 가볍게 말했다.

"최고의 무대를 만들어 보겠습니다."

가야노가 구름 한 점 없이 확신에 가득 찬 표정으로 말했다.

"재미있겠어!"

야마시타가 마음에 드는 장난감이라도 하나 받은 것처럼 웃으며 목소리를 높였다.

"이번에야말로 따님에게 멋진 아버지의 모습을 보여주어야지요, 아저씨."

미나가타가 무슨 영문인지 아부하는 듯한 목소리로 말했다.

"그렇지만 복수라는 건……."

내 말이 끝나기도 전에 미나가타가 말을 가로막고 나섰다.

"아저씨를 순신에게 맡길 테니까 트레이닝을 해서 일단 강해지고 보세요. 그동안 우리도 계획을 세울 테니까요."

"잠깐 기다려!"

박순신이 황망히 목소리를 높였다. 미나가타는 그 목소리를 무시하고 나에게 말했다.

"저 녀석은 싸움의 달인입니다. 정말 강하지요."

너무도 갑작스런 전개에 내가 당황해하자 박순신이 입을 열었다.

"나는 싫어. 이런 촌스런 아저씨를 어떻게 훈련시키란 거야."

미나가타가 박순신을 바라보며 말했다.

"촌스럽다니, 실례잖아."

미나가타가 다시 나를 보며 말했다.

"아저씨, 난 알아요. 아저씨는 하면 됩니다."

나는 선생에게 위로받는 열등생이 된 듯한 기분이 들었다. 미나가타와 이다라시키와 가야노와 야마시타의 눈이 반짝반짝 빛났다. 내가 그 여덟 개의 눈빛을 견디지 못해 그 제안을 받아들이려는 순간 박순신이 내 얼굴을 빤히 바라보며 말했다.

"나는 이상이 없는 놈을 가르치고 싶지 않아. 아저씨는 어떤 식으로 이기고 싶은 거야? 이시하라를 어떻게 하고 싶어?"

나는 대답할 수 없었다. 박순신이 말을 이었다.

"이상이 없는 놈은 금방 잘못을 범하고 말아. 그리고 안이한 방법을 선택하지. 칼을 들거나."

박순신의 도발적인 눈길이 나를 향했다. 미나가타는 숨을 죽이고 지켜본다. 나는 겨우 목소리를 짜내며 대답했다.

"나는…… 나는 이 손으로 이시하라 놈을 목 졸라 죽이고 싶어."

순간, 방 안은 침묵에 휩싸였다.

박순신은 뭔가를 탐색이라도 하는 듯한 눈길로 내 얼굴을 가만히 들여다보았다. 그 시선이 너무 날카롭게 도발적이어서 나도 질세라 째려보아 주었다.

박순신의 얼굴에 비로소 웃음이 떠올랐다.

"좋아. 마음에 들었어. 이 아저씨를 다듬어 볼게."

박순신이 그렇게 말하자 미나가타를 비롯한 네 명은 한꺼번에 환호성을 지르고 서로의 손을 마주치면서 기뻐했다. 얼빠진 눈길로 그런 모습을 지켜보노라니 이 모든 게 혹시 이놈들이 설치해 놓은 함정이 아닐까 하는 생각이 들었다. 그렇지만 나같이 별 볼일 없는 아저씨를 함정에 빠뜨려 이놈들에게 대체 무슨 이득이 있단 말인가.

미나가타가 내게 손을 내밀며 악수를 청했다. 나도 어쩔 수 없이 그 손을 잡고 악수를 나누었다.

"힘껏 해 봅시다. 기대해 보겠습니다."

미나가타가 그렇게 말하자 야마시타가 허리에 두 손을 대고 가슴을 주욱 펴면서 웃음 가득한 얼굴로 말했다.

"재미있겠어!"

"자네, 지금 무슨 말을 하는 거야!"

나는 회사의 소회의실 테이블에 앉았고 내 건너편 자리에는 동지이면서 직속상관인 후지타가 앉아 미간을 찌푸린 채 나를 바라본다. 수십 초 전에 내가 한 달 반의 유급휴가를 요구했기 때문이다.

후지타는 찌푸린 얼굴로 나를 바라보며 말했다.

"도대체 왜 그래? 아무 연락도 없이 지각을 해 놓고 무슨 말을 하는가 했더니."

"여태 유급휴가는 한 번도 써먹은 적이 없기도 하고……."

후지타는 짜증스런 목소리로 내 말을 가로막았다.

"그거 시집만 가면 그만이라는 여사원의 말투랑 뭐가 달라. 대체 왜 그래? 무슨 일이야?"

"가족이 사고를 당해서……."

"어떤 사고?"

"……."

"자네, 지금 무슨 말을 하는 건지 알아? 더는 출세하고 싶지 않다는 말과도 같아."

"정말 미안해."

"일주일 정도는 어때?"

"미안해."

"이거 참……."

그러면서 후지타는 거친 숨을 몰아쉬었다. 어색한 침묵이 흘렀다. 후지타가 넥타이를 살짝 풀면서 말했다.

"자네 상관이 아니라 동기생으로 묻는 거야. 무슨 일인가?"

나는 잠시 주저하다가 말했다.

"딸이 남자에게 맞아서 입원했어."

"왜 맞았는데?"

"……."

"심한가?"

나는 가볍게 고개를 가로저었다.

"상처 자체는 별것 아냐. 문제는……."

"문제는?"

"문제는 나야. 난 다친 딸을 눈앞에 두고도 아무것도 할 수 없었어. 무슨 말을 해야 좋을지도 몰랐어."

후지타는 한숨을 내쉬었다. 다시 침묵이 흘렀다. 후지타는 중얼거리듯이 말했다.

"어제 저녁에 아들하고 오랜만에 밥을 먹었지. 둘이서만. 한 시간 정도 같이 있었지만 대화한 시간은 1분도 안 돼. 공통 화제가 없어서……."

후지타의 얼굴에 자조의 웃음이 떠올랐다. 후지타는 말을 이어 나갔다.

"한 달 반이나 쉬면서 뭘 하려고?"

"나도 몰라."

나는 맥없이 고개를 저었다. 후지타는 어처구니가 없는지 미간을 찌푸렸다. 잠시 어정쩡한 침묵의 시간이 흘렀다. 나는 후지타에게 물었다.

"자네는 아버지로서 자식에게 멋지게 보인 순간이 있었다고 생각해?"

후지타는 대답할 말을 찾는 듯 내 얼굴을 멀뚱멀뚱 바라보더니 바지 호주머니에서 담배와 라이터를 꺼내 한 대 피워 물었다. 입에서 뿜어져 나오는 연기가 잠깐 동안 후지타의 망연한 시선을 가려 주었다. 나는 말했다.

"난 있어. 딸이 태어나서 여덟 달이 지났을 때 경기를 일으켰지. 한밤중에 갑자기 울기 시작하더니 갑자기 숨이 멈추고 얼굴이 새파랗게 질리는 거야. 증상은 금방 가라앉았지만 나는 당황했지. 아내는 급한 일로 친정에 가서 집에는 아무도 없었거든. 나는 딸을 끌어안고 무조건 병원으로 달렸어. 차도 없었고, 택시도 잡히지 않았지. 평생 그렇게 빨리 달린 적은 없었을 거야. 하늘을 나는 듯이 달렸지. 눈 깜짝할 사이에 병원에 도착해서 의사에게 보였더니 아기에게 흔히 일어나는 경기라고 하면서 약도 필요 없다고 귀찮다는 듯이 말하데. 정말 어처구니없는 이야기지만 그래도 병원에서 집으로 돌아오는 사이에 나는 아버지가 된 나 자신을 자랑스럽게 생각했더랬어. 그렇지만 지금은 아니야. 이대로 가다가는 죽을 때까지 나 자신을 좋아할 수 없을 것 같아."

후지타는 담배 연기를 깊이 빨아들인 다음 길게 내뿜었다. 나는 말을 이어 갔다.

"한 달 반 동안 나를 단련할 생각이야. 죽을 각오로 딸을 구할 수 있는 방법을 찾아내고 싶어."

후지타는 담배를 재떨이에 비벼 끄면서 그런가 하고 중얼거렸다. 공중에 떠오른 자색 연기와 함께 다시 침묵이 흘렀다. 그러나 침묵은 더는 무겁지 않았다. 후지타는 넥타이를 고쳐 매면서 말했다.

"자네 업무는 내가 맡지. 어차피 부장이 된 후로는 서류에 도장 찍는 일밖에 하지 않았으니까. 그 정도는 내가 할 수 있어."

후지타의 얼굴에 부드러운 미소가 떠올랐다.

내가 자리에서 일어나 문 앞에 이르렀을 때, 후지타가 말했다.

"자네가 회사에 돌아올 때까지 내가 언제 아버지로서 멋진 모습을 보였는가를 떠올려 보도록 하지."

나는 깊이 고개를 숙이고 말했다.

"강한 남자가 되어 돌아올게."

부서 동료들의 집중포화와도 같은 의구심 어린 눈길을 받으면서, 나는 서둘러 업무를 정리하고 밤 여덟 시가 넘어서 회사를 나섰다.

문을 닫기 직전에 백화점 스포츠용품 코너에 가서 스포츠웨어와 운동화를 산 다음, 화장실에 들어가서 그것들을 가방 안에 쑤셔 넣었다. 유급휴가에 대해서는 유코에게 알리지 않기로 했다. 고등학생에게 격투기 트레이닝을 받는다는 말은 더욱더 할 수 없다.

7월 13일

버스 정류장에 도착한 것은 아홉 시 40분이 넘어서였다. 당연히 대기선수들 모습은 없었고 거의가 회사원으로 보이는 여자들이 줄을 서 있었다. 나는 열의 꽁무니에 서서 버스가 오기를 기다리는 동안 오늘 하루 내가 한 행동을 되새겨 보았다. 그리고 처음으로 두려움을 느꼈다. 만일 그 애들을 만나지 않았더라면 지금쯤 난 어떻게 되었을까? 우연히 나는 그 특이한 애들을 만나 대화를 나누었다. 우연이건 필연이건 지금 나는 거기서 어떤 의미를 발견해 낼 수밖에 없다. 가능하다면 소중한 의미를.

문득, 그치들의 반짝이는 눈동자가 떠올랐다.

나는 생각했다.

이 얼마나 신비로운 하루인가!

영문도 모를 자부심이 솟구치는데 버스가 왔다.

집에 도착해서 문 앞에 서서 하루카의 불 꺼진 창을 올려다보았다. 묵직한 통증이 가슴을 짓눌렀지만 어두운 창에서 눈길을 떼지 않았다. 잠시 창을 바라본 다음 문을 열고 안으로 들어갔다.

작은 목소리로 다녀왔어요, 하고 부엌문을 열었다. 유코가 턱을 괸 채 테이블에 앉아 있었다. 어깨가 축 늘어졌다. 다시 한 번, 나 왔어, 하고 중얼거렸다. 대답이 없었다. 나는 문 앞에 선 채 유코의 가느다란 어깨를 바라보았다. 유코가 중얼거리듯이 말했다.

"오늘 하루카에게 산책이나 하자고 했어요. 바깥 공기를 마셔 보자고. 그랬더니, 응, 하고 고개를 끄덕여서…… 병원 밖으로 데리고 나가려 하는데……."

유코는 애절한 눈길로 나를 바라보며 말했다.

"하루카, 병원 밖으로 나오자마자 토하기 시작했어요. 바깥에 나가는 게 무섭다고……겨우 입을 떼고 말을 하기 시작했는데……의사는 마음의 상처가 원인이라고……상처가 나을 때까지 입원하는 게 좋겠다고……."

"그랬어……."

나는 고개를 숙여 유코의 시선을 피해버렸다.

"미안해, 정말 미안해."

평소보다 이른 열한 시에 잠자리에 들었다.

내일부터 트레이닝이 시작된다. 조금이라도 눈을 붙여 두어야 한다.

눈을 감자마자 잠이 몰려왔다. 나는 저항하지 않고 얌전히 잠속으로 빨려 들어갔다.

나는 닷새 만에 두터운 잠의 막에 감싸여 봄을 기다리는 번데기처럼 내일의 희망을 품은 채 잠에 빠져들었다.

7월 14일

토요일인데도 똑같은 시간에 일어나 준비를 하는 나를 보고 유코가 무슨 일이냐고 물었다. 나는 응, 처리해야 할 일이 있어서, 하고 대답했다.

현관에서 구두를 신는데 유코가 다가와 말했다.

"칼이 하나 없어졌는데……."

유코의 얼굴에는 불안하고 어두운 구름이 덮여 있었다.

"아, 그건 내가 버렸어."

나는 아무 일 없다는 듯 태연하게 말했다.

"어제 낮에 보았더니 날이 빠졌기에 버렸지."

유코는 납득할 수 없다는 표정을 지으면서도 그랬어요, 하고 중얼거렸다.

　나는 억지로 웃어 보이고 유코에게 말했다.

　"다녀올게."

　JR을 타고 이케부쿠로까지 가서 전차를 갈아탔다.

　30분 정도 흔들리다가 사이다마 현 가까운 한 역에서 전차를 내렸다. 어제 미나가타가 넘겨준 지도를 보면서 낯선 거리를 걸었다. 이제 막 아홉 시를 넘었을 뿐인데도 햇살은 강렬했고 거리 여기저기에는 짙은 그림자가 깔려 있었다. 아무래도 뜨거운 하루가 될 것 같았다.

　역에서 15분 정도 걸어서 이윽고 목적지로 이어지는 마지막 길로 접어들었다. 50미터 정도 앞 막다른 곳에 나무가 무성한 장소가 나타났다. 지도를 호주머니에 넣고 눈앞에 펼쳐진 녹음을 향하여 빠른 걸음으로 나아갔다.

　그곳은 시립공원이었다. 중앙에 출입금지 팻말이 서 있는 잔디밭, 그 주변은 산책로, 그 바깥 둘레는 조깅 코스, 그런 식으로 세 개의 원 형태로 설계되어 있었다.

　공원 안을 두리번거리며 걷다가 이윽고 한 인물을 발견했다. 박순신은 조깅 코스 주변에 심은 나무 가운데서 하나뿐인 커다란 은행나무 아래 누워 책을 읽었다. 내가 다가가자 인기척을 느끼고 책을 덮더니 날카로운 눈길로 나를 올려다보았다.

"안녕……."

거기까지 말했지만 아무런 반응도 보이지 않고 여전히 나를 째려보아서 나는 거기에 뒷말을 갖다 붙였다.

"……하세요."

"20분 지각이야. 할 생각 있어?"

내가 말을 하려 하자 변명은 듣고 싶지도 않다면서 책을 탁 덮더니 단호하게 말했다.

"빨리 갈아입어."

나는 주변을 둘러보며 물었다.

"어디서 갈아입어요?"

박순신은 어이없다는 눈길로 나를 바라보더니 귀찮다는 듯 말했다.

"어디면 어때. 여자도 아닌데."

나는 박순신의 말에 쫓기듯이 은행나무 뒤로 가서 가방 안에서 트레이닝 웨어와 운동화를 꺼내 옷을 갈아입기 시작했다. 후줄근한 팬티가 백일하에 드러나면서 누런 얼룩이 내 눈을 찔렀다. 너무 창피해서 번개처럼 갈아입고 나무 뒤에서 나왔다.

박순신은 다시 책을 펼쳐 든 모습이었다.

"다 갈아입었습니다."

내가 그렇게 말하고 박순신이 책을 덮는 그 순간, 마침 저편에서 오는 미나가타와 야마시타의 모습이 보였다. 야마시타는 겨드랑이에 뭔가를 꼈다.

"안녕하세요."

미나가타가 인사를 했다.

야마시타는 날씨 좋네요, 하고 말했다.

나는 가볍게 머리를 숙이고 박순신은 가볍게 손을 들어 인사했다. 야마시타가 겨드랑이에 낀 것을 바닥에 내려놓았다. 자그만 체중계였다.

"어서 올라오세요." 하고 미나가타가 말했다.

"왜?" 하고 내가 물었다.

"그럴 만한 이유가 있으니까, 어서요."

나는 미나가타가 하라는 대로 운동화를 벗고 저울 위에 올라갔다. 야마시타가 청바지 뒤 호주머니에서 줄자를 꺼냈다.

"두 손을 들어올리고 만세, 하세요."

야마시타가 그렇게 말했다.

"에?"

"여러 가지로 그럴 만한 이유가 있으니까 어서요." 하고 미나가타가 말했다.

나는 얌전히 두 손을 들어올렸다. 야마시타가 줄자를 든 손을 내 등 뒤로 돌리더니 가슴둘레를 쟀다. 가슴 다음은 허리, 다음은 엉덩이. 그런 순서로 쓰리 사이즈를 모두 쟀다. 야마시타가 수첩에 숫자를 적어 넣었다.

"이제 됐어요."

미나가타가 나를 바라보고 웃으면서 말했다.

나는 여전히 두 손을 들어올린 채 저울 위에 서 있었다.

미나가타가 야마시타의 수첩을 보며 말했다.

"오늘 시점에서 체중은 65킬로, 체지방 23퍼센트, 가슴둘레 87센티, 허리둘레 76센티입니다. 스즈키 씨, 키는요?"

"168정도나 될까 싶어."

"약간 살찐 편이네요. 열심히 노력해서 탄탄하게 만들어야겠어요. 그리고 이시하라는 라이트웰터급 챔피언이니까, 60에서 63.5킬로 사이입니다. 같은 급까지 내려서 결전의 날을 맞이하도록 합시다."

결전, 이라는 말이 신선한 울림으로 다가오면서 적당한 긴장감이 일었다.

"앞으로 매일 잴 겁니다."

미나가타는 그렇게 말하고는 박순신을 보았다. 박순신은 나무 아래 놓아둔 스포츠 백 안에서 갈색봉투를 꺼내 미나가타에게 건네주었다. 이어서 야마시타가 손에 든 체중계와 줄자를, 부탁해, 하고 박순신에게 건네주었다.

"그리고."

미나가타가 갑자기 생각났다는 듯이 말했다.

"스즈키 씨, 주소하고 전화번호 좀 가르쳐주세요."

"그건 왜?"

"만일의 경우에 대비해서요."

내가 주소와 전화번호를 말하자 야마시타가 수첩에 받아 적었다.

"그럼 수고하세요."

미나가타가 여전히 웃음 띤 얼굴로 말했다.

"가끔씩 위문공연을 오도록 하죠." 하고 야마시타가 쾌활한 목소리로 말했다.

두 사람은 나에게 인사를 하고 공원 출구 쪽으로 사라졌다. 내가 망연히 두 사람의 등을 바라보는데, 박순신이 시작하자면서 앞서 걸음을 내디뎠다. 불안과 긴장에 사로잡힌 채 그 뒤를 따라가는데 박순신이 멈춰 서서 뒤를 돌아보더니 무덤덤하게 말했다.

"신발 신어."

나는 신발을 벗은 것도 잊은 채였다. 나는 서둘러 운동화를 신었다. 박순신은 나를 바라보면서 기가 차다는 듯 절레절레 고개를 저었다.

나와 박순신은 출입금지 팻말이 선 잔디밭 한복판에서 서로 마주 보고 섰다. 우리 사이에는 1미터 정도 거리가 있었다.

"지금까지 해 본 운동 경험은?"

갑자기 박순신이 물었다.

"중학교 때 축구부였습니다."

"고등학교 때는?"

"럭비를 잠깐……."

"잠깐이라면?"

"연습이 너무 힘들어서 1년 만에 그만두었는데……."

"대학생 때는?"

"운동은 안 했습니다."

"여학생들이 모이는 동아리에 들었겠지."

"……."

박순신은 잠시 무슨 생각을 하더니 시선을 허공에 두었다가 다시 나를 바라보고는 천천히 두 손을 크게 펼쳤다.

"내 가슴 속으로 들어와 봐."

"에?"

"해 봐."

나는 당혹스러워하면서도 시키는 대로 걸어서 천천히 박순신에게 접근했다. 서로의 거리가 30센티 정도 떨어졌을 때 박순신이 갑자기 내 손을 잡더니 세차게 자기 가슴 쪽으로 끌어당겼다. 박순신과 내 가슴이 착 달라붙었다. 박순신의 가슴은 두텁고 딱딱했다. 먼 옛날 느껴 보았던 그런 편안함이 되살아났다. 그냥 이대로 있고 싶은.

그러다 갑자기 두 손으로 가슴을 떠밀린 나는 뒤뚱거리며 뒤로 물러나야 했다. 다시 우리 사이에는 1미터 정도의 거리가 생겼다.

박순신이 이번에는 천천히 왼손을 내 쪽으로 내밀었다.

"내 가슴 속으로 들어와."

당연한 일이지만 뻗어 있는 팔 때문에 들어가고 싶어도 들어갈 수 없다. 내가 당황해하자 박순신이 조롱하듯이 말했다.

"왜? 팔 하나 들었을 뿐인데. 정말 기가 차군. 상대를 목 졸라 죽이려면 가슴을 파고 들어가야 하는 거야. 게다가 이시하라는 팔을 전문으로 사용하는 복서란 말이야. 어차피 이 팔이 방해를 하게 마련이야. 지금 아저씨 상태로는 이 거리를 줄이지도 못하고……."

박순신은 일단 거기서 말을 끊고 왼팔을 한껏 펼쳐서 주먹을 내 턱에 닿게 한 다음 말을 이었다.

"녹아웃! 끝장이야. 그렇다면 어떡해야 할까? 어떻게 하면 이 팔을 피해서 가슴 속으로 파고들 수 있을까?"

나는 대답하지 못했다. 박순신은 팔을 내리고 도발적인 어투로 말했다.

"모든 걸 그만두고 칼이나 빼들어? 칼로 안 되면 권총? 마지막에는 용병이라도 쓸 거야?"

내가 반감에 가득 찬 눈길을 보내자 박순신은 무덤덤하게 말했다.

"자신의 인생에서 이런 일이 일어날 줄은 몰랐겠지. 애석한 일이야. 고작 자신의 반경 1미터 정도만 생각하고 태평하게 살다가 죽으면 행복할 텐데 말이야."

그다음 나와 박순신은 한동안 서로를 째려보았다. 나는 왼팔을 들어 박순신 쪽으로 뻗었다. 박순신은 자신에게로 향한 주먹을 무덤덤하게 바라보더니 갑자기 오른손으로 내 주먹을 잡고 세차게 끌어당겼다. 그 힘에 눌려 내 팔은 꺾어지고 어느새 박순신은 내 가슴에 파고 들어와 있었다. 그것만이 아니었다. 어느새 박순신의 왼손이 내 목을 잡아 버렸던 것이다. 박순신은 여전히 무덤덤한 표정으로 왼손에 약간의 힘을 넣었다. 손가락이 경동맥 부근을 파고들어 숨이 막혔다. 그리고 공포. 눈앞에 빨갛게 물든 상흔이 보였다. 박순신이 입을 열었다.

"까불지 마, 일본인."

박순신은 그렇게 말하고 빙긋 웃더니 두 손을 놓았다. 나는 뒷걸음질치면서 고동치는 가슴을 진정하려고 심호흡을 했다. 박순신은 웃음을 거두고 말했다.

"기초라는 게 무얼까?"

나는 당혹감을 억누르느라 그냥 박순신의 얼굴만 바라보았다. 박순신은 말을 이어 나갔다.

"필요 없는 것을 버리고 필요한 것만 남기는 거야. 지금 아저씨 머리와 몸에는 쓸데없는 게 가득 들었어. 그래서 우선 기초 다지기부터 시작해야 해. 알겠어?"

내가 고개를 끄덕이자 박순신은 잠시 틈을 두었다가 나를 향해 고개를 숙였다. 다만, 얼굴은 허공을 향한 채였다. 답례를 기다리는 듯 박순신은 허리를 굽힌 자세로 가만히 나를 바라보았다. 나는 급히 고개를 숙였다. 취업 면접시험 전에 연습하는 45도 각도의 인사였다. 갑자기 누가 뒤통수를 쳤다. 깜짝 놀라 고개를 들어 보니 박순신이 화난 얼굴로 서 있었다.

"절대로 적에게서 눈을 떼서는 안 돼! 설령 인사를 할 때라도."

어떻게 대응해야 할지 몰라 멍하니 박순신의 얼굴만 바라보는데 박순신이 갑자기 빙긋 웃었다. 처음 대하는 그 나이에 걸맞은 웃음이었다. 그 웃음에도 대응하지 못하고 여전히 멍하니 서 있자니 박순신은 웃음을 거두고 그 대신에 실망스런 표정을 지었다.

"드래곤볼도 못 봤어? 정말 재미없네."

"미안합니다. 꼭 보도록 하겠습니다."

"됐어. 제길, 재미없어."

무엇을 어떻게 하면 좋을지 몰라 몸을 움츠린 나를 향해 박순신은 퉁명스런 목소리로 말했다.

"어쨌든 기초를 만들어야 해. 시작."

조깅 코스는 한 바퀴 800미터. 다섯 바퀴를 명받았다. 총 4킬로. 가령 지금이 가을이고 구름 낀 날씨라고 한다면 갑자기 다섯 바퀴는 힘들지 몰라도 세 바퀴 정도는 가능할지도 모른다. 그러나 지금은 여름, 날씨도 화창하고 바람 한 점 없다.

한 바퀴 반을 조금 더 달렸을 때부터 조짐이 나타났다. 발목과 무릎에서 힘이 빠져나가더니 흐느적거리기 시작했다. 마치 아스팔트가 아닌 점토 위를 달리는 것 같았다. 심장이 화가 난 듯, 이 터무니없는 일을 당장 그만두라는 듯 기분 나쁘게 늑골을 향해 발길질을 해댔다. 폐는 괜찮았다. 그 대신에 내 목을 통해 소리를 내보내며 제발 부탁이니 멈춰 달라고 애원하는 것이었다.

두 바퀴를 들어서자마자 지구의 인력이 압도적인 힘으로 나를 땅바닥에 쓰러뜨리려 했다. 머리가 무겁다. 발도 무겁다. 트레이닝 웨어도 운동화도 무겁다. 대기 중의 습기가 진득진득하게 얼굴에 달라붙어 마치 뜨거운 물을 끼얹으며 달리는 것 같았다. 숨이 가쁘다. 숨이 가쁘다.

죽어 버리면 말짱 도루묵이다.

그것이 내가 내린 유일하면서도 절대적인 결론이었다. 그래서 나는 발걸음을 멈추고 코스에 그냥 주저앉았다. 나는 필사적으로 숨을 고르면서 심장이 안정되기를 기다렸다. 겨우 약간 숨이 가쁜 정도 수준으로 회복한 다음 천천히 일어섰다. 심한 현기증이 일어 쓰러질 것 같았지만 겨우 참아 냈다. 나는 비틀걸음으로 코스에서 벗어나 박순신이 기다리는 은행나무 쪽으로 나아갔다.

박순신은 나무 아래 누워 책을 읽는다. 내가 다가가자 책에서 시선을 들어올려 나를 바라보았다. 나는 조금 떨어진 자리에 멈춰 서서 박순신을 바라보았다. 아마도 비 맞은 개 같은 눈길이었을 것이다. 박순신은 아무 말 없이 뒤에 놓여 있는 스포츠 백 안에서 휴대용 순간 냉각 팩을 꺼내 왼손바닥에 올려놓고 오른손으로 힘껏 내리친 다음 가볍게 비벼서 내 쪽으로 던졌다. 나는 그것을 받아들어 숨골에 갖다 댔다.

이윽고 박순신이 입을 열었다.

"인간의 몸에는 세포가 얼마나 있는지 알아?"

나는 맥없이 고개를 가로저었다.

"약 60조. 아저씨는 지금까지 그 세포를 얼마나 사용했을까? 사용하지 않은 세포를 얼마나 남겨 두고 죽어 갈까?"

박순신은 그렇게만 말하고 다시 책을 읽기 시작했다. 내가 한스런 눈길로 나무그늘 쪽을 바라보는데 박순신은 책에다 시선을 고정한 채 말했다.

"그만둬도 괜찮아. 자신을 위해 하는 일이니까. 다른 사람 눈치 볼 필요도 없잖아."

시발, 그냥 흔해빠진 격려의 말이라도 한마디 해주면 어디가 덧나나. 마음속으로 나는 욕을 퍼부으며 터벅 걸음으로 코스에 들어갔다.

내가 달린 시간은 고작 3, 40분에 지나지 않았을 것이다. 그러나 나는 그사이에 두 번 환각을 보았고(한 번은 가 보지도 않은 하와이 바다가 보였고, 두 번째는 돌아가신 할아버지가 보였다), 다섯 번 정도 도망칠 생각을 했고(주소와 전화번호를 가르쳐준 것을 후회했다), 그리고 박순신에게 셀 수도 없을 만큼 저주를 퍼부었다(들리지 않을 만큼 작은 소리로).

어쨌든 몸과 마음도 너덜너덜해진 상태로 겨우 다섯 바퀴를 돌았다. 물론 다른 사람 눈에는 달리는 건지 걷는 건지 구별이

안 갔을 테지만 말이다.

은행나무로 돌아오자 박순신은 다시 순간 냉각 팩을 던져 주었다. 그것을 받아들고 숨골에 갖다 댄 채 나무 그늘로 들어가 땅바닥에 털썩 주저앉았다. 박순신은 곁에 둔 포카리스웨트 병을 내게 건네주었다. 나는 단숨에 그걸 다 마셔 버렸다. 몸 안이 젖어 오는 걸 느낄 수 있었다.

"발을 뻗어 봐."

박순신이 나를 향해 앉으면서 그렇게 말했다. 내가 다리를 뻗자 박순신은 내 다리를 끌어안고 허벅지를 주무르기 시작했다. 기분이 좋았다.

다리 마사지가 끝나자 내 몸을 확 뒤집더니 등근육과 허리를 주물렀다. 몸 안에 찌꺼기처럼 가라앉아 있던 나쁜 것들이 박순신의 손 움직임에 따라 천천히 퍼져서 몸 바깥으로 빠져나가는 것 같은 느낌이 들었다. 정말 기분 좋다.

마사지가 끝나자, 참치 샌드위치와 우유 팩을 내밀었다. 그것을 받아들고 물었다.

"비용은?"

"귀찮으니까 트레이닝 마지막 날에 정리하도록 해."

박순신은 의미심장한 미소를 지으며 그렇게 말하고 또 덧붙였다.

"오늘로 포기하면 오늘 건 내가 접대한 걸로 하지."

절대로 포기하지 않을 거라고 선언하려다가 절대라는 말을 쓸 자신이 없어 그만두었다. 그 대신, 잘 먹겠습니다, 하고 참치 샌드위치를 먹기 시작했다. 피로 때문인지 위장이 음식물을 받아들이지 않았지만 다음 스케줄을 생각해서 억지로 먹었다.

내가 점심을 먹는 동안에도 박순신은 나무 그늘에서 책만 읽었다. 내가 다 먹고 나자 박순신은 스포츠 백 안에서 바나나 하나를 꺼내 내 쪽으로 던졌다. 나는 바나나 껍질을 까기 전에 물었다.

"다음은?"

"일단 낮잠. 그다음에는 오후 스케줄. 자 두지 않으면 힘들 거야."

나는 낮잠이라는 말이 떨어지기가 무섭게 그냥 땅바닥에 큰 대자로 누웠다. 나뭇가지가 바람에 흔들릴 때마다 햇살이 눈을 찔렀다. 눈을 감았다. 곧 눈꺼풀이 무거워지면서 안구에 찰싹 달라붙었다. 머릿속에 정적이 찾아들었다. 희미하게 남아 있던 의식이 등허리를 타고 땅속으로 빨려 들어간다.

"기상! 아저씨."

눈을 떴다. 박순신이 나를 내려다본다.

"낮잠 끝!"

"얼마나 잤어요?"

"두 시간."

믿을 수 없었다. 오래오래 잔 것 같은 느낌이 들었다. 어쨌든 오랜만에 맛본 깊은 잠이었다.

힘껏 기지개를 켰다. 그때 비로소 알았다. 내 머리 아래에는 몇 겹으로 접은 운동복이 깔렸고 몸에는 커다란 목욕타월이 덮여 있다는 사실을. 상반신을 천천히 일으키는데 박순신이 내 손 언저리를 바라보면서 말했다.

"빨리 먹어 치워."

박순신의 시선을 따라 내 오른손을 바라보았다. 바나나를 그냥 쥔 채였다. 손에 쥔 채로 그냥 잠들어 버리고 만 것이다. 나는 바나나 껍질을 벗기고 먹기 시작했다. 바나나가 이렇게 맛있을 줄이야. 혀끝으로 과육의 싱싱한 단맛을 마음껏 느끼며 먹었다. 기분 좋은 바람이 볼을 쓰다듬었다. 나는 하늘을 올려다보았다. 구름 한 점 없이 높은 하늘이었다.

"정말 기분 좋아. 새로 태어난 기분이야."

내가 그렇게 말하자 흐트러진 물건들을 스포츠 가방 안에 정리하던 박순신이 말했다.

"지금부터 다시 태어나게 할 거야."

박순신은 자신의 스포츠 가방과 나의 운동 가방을 들고 자리에서 일어났다.

"오후 스케줄 스타트!"

박순신의 뒤를 따라 공원을 나섰다.

박순신은 역 반대 방향으로 묵묵히 걸어갔다. 나는 빠른 걸음으로 박순신과 어깨를 나란히 했다. 곁눈질로 박순신의 오른쪽 눈꼬리에 난 상흔을 살펴보았다. 나는 잠시 망설이다가 물었다.

"그 상처는 어떻게 생긴 거야?"

"초등학생 때 칼에 베였어."

박순신은 앞만 바라보며 무덤덤하게 대답했다.

"왜?"

"싸웠으니까."

"초등학교 때 나이프를 휘두르는 싸움을 한 거야?"

박순신은 여전히 앞만 바라본 채 말했다.

"아저씨가 사는 세계와 내가 사는 세계는 달라."

그러고는 잠시 말없이 걸었다. 나에게는 어색하고 무거운 침묵이었다. 횡단보도를 건너 넓은 길로 접어들었을 때 또 물었다.

"여름방학인데 할아버지 할머니 뵈러 고향에 가지 않아도 돼?"

박순신은 그제야 내 얼굴을 힐끗 보더니 무뚝뚝하게 대답했다.

"고향 따위 없어. 할아버지, 할머니 모두 죽었어."

"아, 미안해."

나는 황망히 사과했다. 다시 어색한 침묵이 흘렀다. 나는 밝은 목소리로 다시 물었다.

"할아버지는 어떤 분이셨어?"

박순신은 갑자기 발걸음을 멈추었다. 나도 걸음을 멈추었다. 박순신은 가볍게 내 쪽으로 몸을 틀고는 아무런 감정이 섞이지 않은 목소리로 말했다.

"할아버지는 전쟁 때 일본으로 끌려왔어. 할아버지 등에는 칼에 벤 상처가 있었어. 일본인이 베었대. 그렇지만 나는 할아버지가 죽기 전까지 그 상처를 본 적이 없었어. 할아버지는 절대로 우리 앞에서 옷을 벗지 않았거든. 그래서 나는 할아버지와 함께 목욕탕에 가서 등을 밀어 본 적이 없어. 단 한 번도. 할아버지가 죽기 전에 그 상처를 알았더라면 나는 죽을힘을 다해서 할아버지의 상처를 지워 주려 했을 거야."

박순신이 왼손 검지 끝으로 나의 심장을 콕 찔렀다.

"여기 상처를 말이야."

박순신은 뭔가를 묻는 듯한 눈길을 던지더니 다시 걸음을 옮기기 시작했다. 나는 그 자리에 선 채 서서히 멀어져 가는 박순신의 등을 지그시 바라보았다. 15미터 정도 떨어졌을 때 나는 심호흡을 하고 그 등을 향해 달려갔다.

내가 따라잡자 박순신은 앞쪽을 손가락으로 가리키며 말했다.

"저거야."

25미터 정도 앞 왼쪽에 가늘고 긴 돌 비석 하나가 서 있었다. 그 옆에는 폭이 넓은 돌계단이 위로 길게 뻗어 있었다.

"신사의 돌계단, 무슨 뜻인지 알아?"

박순신이 내게 물었다.

"혹시 토끼뜀……?"

나는 겁먹은 목소리로 말했다.

"토끼뜀은 아킬레스건에 좋지 않아."

돌계단 앞에 이르렀다. 꼭대기를 올려다본다. 100계단은 가볍게 넘을 것이다.

"발끝으로 오르도록 해."

박순신은 그렇게 툭, 던졌다.

"뒤꿈치를 대면 처음부터 다시 시작하는 거야."

선택의 여지가 없었다. 나는 한숨을 내쉬면서 고개를 끄덕이고 발끝을 세워 한 계단 한 계단 오르기 시작했다. 나는 1, 2,

3 하고 세면서 계단을 올랐다.

4, 5, 6, 7…….

스무 번째부터 다리가 후들거리기 시작했다. 아킬레스건이 늘어질 대로 늘어져 한계에 이른 느낌이었다.

"끊어질 거야. 아킬레스건이 끊어질 것 같아."

옆에서 무덤덤하게 오르는 박순신에게 하소연했다.

"안 끊어져!"

박순신은 단언했다.

"만일 끊어지면 병원에 데려다줄게."

개자슥…….

30번째에 뒤꿈치가 바닥에 닿고 말았다.

"처음부터 다시."

박순신은 그렇게 말하고 30번째 계단에 퍼질러 앉아 버렸다.

"오늘은 여기보다 한 단이라도 더 오르면 그만해도 좋아."

나는 돌계단 중앙에 설치해 놓은 손잡이를 잡고서 휘청거리는 발걸음으로 내려갔다.

1, 2, 3, 4…….

균형을 잃고 22번째 계단에서 발꿈치가 바닥에 닿고 말았다.

"처음부터. 오를 때까지 계속."

박순신은 느긋하게 돌계단에 걸터앉아 책을 읽기 시작했다.

내가 반항할 양으로 22번째 계단에 그냥 서 있자 박순신은 책에서 눈을 떼며 말했다.

"그만둬도 괜찮아. 나도 빨리 집에 가고 싶으니까. 아저씨도 빨리 집에 가서 분재라도 손보는 게 좋겠지."

시발…….

나는 돌계단을 내려가기 전에 말했다.

"내가 그만둘 줄 알고!"

박순신은 코웃음을 쳤다.

시발…….

1, 2, 3, 4…….

결국 나는 오기만으로는 안 되는 일도 있다는 걸 배웠다. 아무리 해도 30번째 계단까지 오르지 못하고, 손잡이를 잡고 올라와도 좋다는 허락을 받고서야 겨우 31번째 계단에 이르렀다.

31번째 계단에 퍼질러 앉아 숨을 헐떡거리며 말했다.

"이런 게……무슨……소용이……있다는 거야."

"때가 되면 가르쳐주지. 어쨌든 날아오르려면 땅 위에 단단히 서는 것부터 배워야 해. 그러기 위해서 다리를 튼튼하게 하는 거지."

박순신은 30번째 계단에서 일어섰다.

"잠깐 쉬었다가 꼭대기로 올라와."

박순신은 그렇게 말하고 돌계단을 오르기 시작했다. 가벼운 발걸음으로 위로 위로 올라간다. 눈 깜짝할 사이에 꼭대기에 올라 걸터앉더니 다시 책을 읽기 시작했다. 숨결 하나 흐트러지지 않는다. 나는 꼭대기를 향해 큰소리로 말했다.

"뭘 읽는 거야?"

위에서 목소리가 떨어져 내렸다.

"1분 안에 올라오면 가르쳐주지."

흥, 내가 그걸 알아서 뭘 해.

징그러운 놈…….

내가 돌계단 꼭대기에 이르자 박순신은 자리에서 일어나 신사 경내의 오른쪽으로 발길을 돌렸다. 나는 그 뒤를 따라갔다.

넓은 부지 안에는 여러 종류의 나무들이 서 있는데, 한결같이 짙은 녹색의 이파리가 무성했다. 서늘한 공기가 폐를 가득 채우면서 기분이 상쾌해졌다. 가지 사이로 비치는 햇살이 아름답다. 그러나 산림욕을 즐긴 것은 한순간이었다.

박순신은 커다란 나무 앞에서 발걸음을 멈추었다. 2, 300년은 족히 됨직한 편백나무였다. 뻗쳐 나온 가지까지 보듬으면 둘레가 20미터는 되어 보였다. 직경 1미터 이상은 될 것 같은 가지 하나가 지상에서 10미터 정도 위치에 거의 수평으로 뻗어 나와 있는데, 나는 그 가지에서 아래로 늘어진 무엇을 보고, 지금 내가 해야 할 일이 무엇인지를 깨달았다.

박순신은 나무 뿌리께에 스포츠 백과 가방을 내려놓더니 가지에 매달려 지면으로 늘어진 밧줄을 잡고 위로 올라갔다. 가지에 이르자 그 위로 몸을 끌어올려 걸터앉더니 말했다.

"올라와 봐."

나는, 좋아, 하고 속으로 외치면서 기합을 넣고는 머리보다 약간 위에서 밧줄을 잡았다. 숨을 멈추고 팔에 힘을 넣고는 지면을 박차면서 있는 힘을 다해 밧줄을 끌어당겼다.

어느새 엉덩이가 바닥을 쳤다. 등줄기로 강한 전류가 흐르는 것 같은 통증이 일었다. 팔 힘이 부족한 탓도 있었지만 악력이 너무 약해 나의 체중을 위로 끌어올릴 수 없었던 것이다.

위에서 목소리가 떨어져 내렸다.

"오를 때까지 계속해."

박순신은 가지 위에 유유히 걸터앉아 먼 곳을 바라보았다. 나는 몸을 일으키고 다시 밧줄을 잡았다. 간다!

떨어졌다. 몇 번을 해도 마찬가지였다. 내가 연주하는 쿵, 엉덩방아 소리와, 웃, 신음소리의 이중주에 이끌려 참배하러 온 노인들이 내 주변으로 모여들어 나의 밧줄 오르기를 구경하기 시작했다. 부끄러웠지만 멈추지 않았다.

한 시간 정도 하니 힘이 다 빠져 버렸다. 내가 땅바닥에 큰 대자로 누워 헉헉 숨을 몰아쉬자 구경하던 할머니가 웃으면서 우롱차 팩을 하나 내 곁에 내려놓았다. 너무 기뻐 눈물이 날 것 같았다. 나는 눈물을 억지로 삼키며 드러누운 채, 고맙습니다, 하고 인사를 했다. 할머니는, 아니오 아니오, 하고 다른 사람들과 함께 자리를 떠났다.

큰대자로 누운 채 시선을 위로 옮겼다. 박순신의 시선은 여전히 저 먼 어딘가로 향해 있었다. 나는 물었다.

"아까부터 무슨 생각을 하는 거야?"

박순신은 내 물음을 신호로 생각한 듯, 가지에서 엉덩이를 들어올리더니 밧줄을 타고 내려왔다. 박순신은 나를 내려다보며 말했다.

"올라가 보면 알아."

박순신은 내 얼굴 옆에 놓인 우롱차를 보고 빙긋 웃으며 말했다.

"오늘은 끝. 자, 출발."

신사 부근의 목욕탕에 들어갔다.

박순신이 탕 속에서 몸을 열심히 주무르라고 해서 시키는 대로 했다.

탕에서 나와 거울에 알몸을 비추어 보았지만 아무런 변화도 없었다. 여전히 오동통한 몸매였다. 다만, 오른쪽 엉덩이와 허벅지 사이에 커다란 멍이 보였다. 이것이 오늘의 특훈 성과이다. 아무 변화도 없는 것보다는 낫다고 스스로를 위로했다.

양복으로 갈아입고 목욕탕을 나섰다. 바로 옆 빨래방에 들어서자 의자에 앉아 책을 읽는 박순신의 모습이 보였다. 옆 의자에는 세탁과 건조가 끝난 내 트레이닝 웨어가 가지런히 개어져 있었다.

나는 고맙다고 하면서 운동복을 가방 안에 밀어 넣었다. 박순신은 책을 덮고 500밀리짜리 종이팩에 든 드링크를 내게 건네주고 자리에서 일어섰다.

"출발."

우리는 빨래방을 나와 역으로 향했다.

저녁 거리를 묵묵히 걸었다. 드링크를 다 마시고 손목시계를 보니 여섯 시 5분 전이었다.

"저녁은? 괜찮다면 내가 사고 싶은데?"

박순신은 단호하게 고개를 가로저었다.

"밥은 집에서 먹어. 술은 당분간 금지."

나는 얌전하게 고개를 끄덕였다.

역에 도착해서 같은 전차를 타고 이케부쿠로까지 나왔다. JR

개찰구 부근에서 우리는 멈춰 섰다.

"난 저쪽이야."

박순신은 그러면서 나와는 반대 방향을 손가락으로 가리켰다.

나는 오늘 고마웠다고 머리를 숙이다가 조금 겸연쩍은 생각이 들어 재빨리 손으로 뒤통수를 긁적거리며 뒷걸음질쳤다. 고개를 들자 박순신은 빙긋 웃었다.

"그럼, 내일."

박순신은 브루스 리처럼 인사를 한 다음 플랫폼으로 이어지는 계단 쪽으로 걸어갔다. 나는 박순신의 등이 사람들 속으로 스며드는 것을 확인하고 나서 손목시계를 보았다. 아직 일곱 시도 안 됐다. 집에 가기에는 너무 이른 시간이다.

야마노테 선을 타고 시부야로 나갔다.

몇 년 만에 CD 숍에 들러 DVD 매장에서 〈용쟁호투〉를 샀다.

그런 다음 백화점 신사복 코너로 갔다. 움직이기에 좋은 기능적인 속옷을 찾노라니 매장의 젊은 아가씨가 캘빈클라인 트렁크라고 하면서 브리프와 트렁크스가 붙은 것을 강력하게 권했다. 그것을 샀다. 만일을 위해 두 장을.

책방에서 주간지를 두 권 사서 역전 커피숍으로 들어가 읽었다. 커피 석 잔으로 적당히 시간을 죽이자 평소와 같은 귀가

시간이었다. 커피숍을 나와 복잡한 거리를 걸어가는데 하루카와 같은 또래로 보이는 여자애들이 연이어 내 곁을 스쳐 지나갔다. 거리 여기저기에서 남자들이 진득한 눈길을 던지며 여자들을 물색하느라 여념이 없다. 가슴에서 약간의 통증과 함께 증오심이 일었다. 언제나 이 아픔과 증오심에서 해방될 날이 찾아올 것인가?

열 시 정각에 전차가 플랫폼으로 미끄러져 들어오고 나는 버스 로터리로 향했다.

토요일이라 정규멤버가 없으리라 생각했는데 예상과는 달리 전원 출석이었다. 나는 버스 정류장에서 15미터 정도 떨어진 장소에서 문득 발걸음을 멈추었다. 토요일인데도 다들 일을 하는 것일까. 아니라면 나처럼 휴일을 집에서 지낼 수 없는 이유가 있는 것일까.

내 시선을 느꼈을까, 멤버 가운데 하나가 내 쪽으로 눈길을 던졌다. 그리고 손목시계를 슬쩍 본 다음 다시 나를 바라보았다.

뭘 하는 거야? 빨리 줄 서지 않고. 곧 버스가 온다니까.

그 시선이 그렇게 말한다.

나는 고개를 돌려 그의 시선을 피하고, 그의 부름을 거부했다. 그리고 떨어지지 않는 발걸음을 억지로 옮겨 로터리 끝에서 버스 노선이 출발하는 그 지점으로 향했다. 줄을 선 대기선수들의 시선이 나에게로 모였지만 나는 신경도 쓰지 않고 잰걸음으로 나아갔다. 직선도로의 입구에 멈춰 서서 통근 가방 안에서 운동화를 꺼내 갈아신었다. 윗도리를 벗고 넥타이를 벗어 가방 안에 밀어 넣었다. 정류장 쪽을 보니 이제는 아무도 나를 보지 않는다. 나는 대기선수 대열에서 벗어나 버린 건지도 모른다. 설령 그렇다 하더라도 어쩔 수 없는 일이다. 나는 벌써 일상에서 일탈해버리지 않았는가. 다시는 저 열로 돌아갈 수 없다.

버스가 도착하자 여덟 명이 그 안으로 빨려 들어갔다. 그러나 문은 닫히지 않았다. 커다란 프런트 글라스를 통해 내 모습이 보일 것이다. 운전사의 당혹감이 전해져 왔다. 이윽고, 체념한 듯 천천히 문이 닫히고 차체가 움직이기 시작했다. 나는 땅바닥에 내려놓은 가방을 옆구리에 끼고 시선을 정면으로 던진 다음 크게 숨을 들이쉬었다. 뒤에서 귀에 익은 버스 엔진 소리가 들려온다. 소리가 바로 뒤까지 왔는가 싶더니 오른쪽을 지나갔다. 나는 다리에 시동을 걸었다. 한낮의 트레이닝 영향으로 다리가 무겁다. 가방을 낀 탓에 팔을 마음대로 흔들지 못해 달린다기보다는 빠른 걸음으로 걷는 정도일지도 모른다. 그것도 흐느적거리는 발걸음으로.

당연하게도 버스는 나의 페이스와는 상관없이 때로 빨간 신호에 잡혀 멈추는 것 말고는 매끄럽게 앞으로 달려간다. 그래서 내가 두 번째 정류장을 지날 때 버스는 내 시야에서 완전히 사라져 버렸다. 그러나 나는 달리기를 멈추지 않았다.

숨을 헐떡거리며 온몸이 땀투성이가 되어 여섯 번째 정류장에 도착했다. 격한 숨을 몰아쉬면서도, 골인, 하고 중얼거리고 정류장 앞에 발길을 멈추었다. 정류장의 작은 벤치가 눈에 들어왔지만 앉지 않았다. 그 대신에 가방만 자리에 앉히고서는 무릎 위에 손바닥을 대고 몸을 앞으로 숙인 채 힘껏 숨결을 가다듬었다. 5분 정도 지나자 고른 숨결이 돌아왔다. 가방 안에서 타월을 꺼내 땀을 닦으며 집으로 나아갔다.

집에 도착해서 부엌으로 들어서니 여느 때처럼 유코의 움직임이 바쁘다.

"다녀왔어요."

설거지를 하는 유코의 등을 향해 말했지만 유코는 고개도 돌리지 않고, 어서 오세요, 하고 대답했다. 평소라면 얼굴을 마주치지 않는 것만으로 가슴을 졸였겠지만 오늘은 아니었다. 회사를 쉰다는 사실을 속였다는 께름칙한 기분이 얼굴에 나타날 것만 같아 오히려 얼굴을 마주치지 않는 것이 다행이다 싶었다.

침실로 가서 옷을 갈아입고 욕실에서 세수를 한 다음 부엌으로 돌아왔다.

테이블에 앉아 반찬을 내려다보았다. 평소와는 색깔이 다르다. 전체적으로 희멀겋다. 참치와 달걀노른자가 든 야채 샐러드. 찬 두부와 멸치. 닭가슴살에 치즈를 덮고 참기름 소스를 뿌렸다. 그리고 반찬 옆에는 반으로 자른 그레이프 프루츠가 놓여 있고 과육 위에는 적당량의 벌꿀이 올라 있다.

유코가 밥그릇을 들고 왔다. 평소의 반밖에 안 되는 양이었다.

"밥상이 갑자기 달라진 것 같은데."

내가 혼잣말처럼 그렇게 말하자 유코는 요즘 살이 좀 찐 것 같아서요, 하고는 부엌으로 다시 돌아갔다. 하긴 살이 좀 찌긴 찐 것 같기도 해……

한 숟가락 뜨면서 하루카는 괜찮겠지? 하고 무덤덤하게 물었다. 유코는 약간 뜸을 들였다가, 예, 하고 대답했다. 약간의 뜸이 마음에 걸렸지만 일부러 묻지 않았다. 물어서 뭘 할 수 있다는 거야? 지금 내가 할 수 있는 일은 아무것도 없어.

식후에 목욕을 했다. 벌써 목욕을 하긴 했으나 버스와 레이스를 벌인 터라 땀에 흠뻑 젖은 몸을 씻어 내니 기분이 상쾌했다. 어쨌든 유코에게 들키지 않기 위해서라도 목욕을 해야 했다. 탕 안에서 열심히 다리 근육을 주물렀다.

목욕을 하고 나와 유코가 침실로 들어간 것을 확인하고 거실에서 조용히 〈용쟁호투〉를 보았다. 물론 헤드폰을 끼고. 피가 끓어올랐다. 보고 있자니 아드레날린인지 엔돌핀인지 모르겠지만 그런 물질 같은 것이 잔뜩 뿜어져 나오는 것 같았다. 하긴 영화를 본 게 언제 적이었더라? 마지막으로 본 영화제목도 생각나지 않는다.

〈용쟁호투〉를 다 보고 뿌듯한 마음으로 이를 닦으러 욕실로 갔다. 거울을 보면서 이를 닦는데 나도 모르게 브루스 리 흉내를 내는 것이 아닌가. 하나도 닮지 않아서 민망한 기분이 들어 거울에 물을 뿌려 일부러 내 얼굴을 일그러뜨려 창피를 감추었다.

침실로 들어가니 유코의 고른 숨소리가 들렸다. 조용히 침대 안으로 들어갔다.

몇 분 후, 나는 편안한 잠 속으로 빠져 들어가려 했다. 살짝 깨어 있는 의식 속에서 있는 힘을 다해 지금 이 잠을 분류해 보려 했다. 그것은 분명 어린 시절에 경험한 적이 있는 잠이었다. 그러나 분류 작업은 거기까지였다. 어렴풋한 기억 속을 헤매는 사이에 마치 함정 속에 퐁당 소리를 내며 떨어지는 것처럼 갑자기 잠 속으로 빨려 들어갔다.

7월 15일

근육통.

그리운 울림. 그리고 아픔. 조금만 움직여도 온몸을 두른 짧은 바늘이 살을 파고드는 것같이 저렸다.

일어나자마자 옆자리에서 유코의 모습이 보이지 않는 것을 확인하고 침대에서 가벼운 스트레칭을 했다. 몸을 뻗을 때마다 지직, 우두둑 소리가 관절 부근에서 들려오는 것 같았다.

조심스럽게 침대에서 발을 내려 바닥에 섰다. 몇 걸음 걸어 본다. 생각보다 심하게 아프지는 않아 마음이 놓였다. 박순신 말대로 탕 안에서 열심히 주무른 게 효과가 있었던 모양이다.

준비를 마치고 부엌으로 갔다. 유코는 부엌에서 아침 준비를 한다. 거짓말을 해야 한다는 게 마음에 걸려 말없이 식탁에 앉는데, 유코가 기척을 느끼고 아침을 날라 왔다.

"잘 잤어요? 오늘도 바쁜 하루가 되겠네요."

유코는 평소보다 가벼운 어투로 그렇게 말하고 부엌으로 돌아갔다. 어쩐지 등을 떠밀리는 것 같아 쓸쓸한 기분이 들었다.

낫토와 생달걀. 삶은 단호박에 된장국. 우유와 요구르트를 얹은 블루베리.

"낫토, 잘 못 먹는데⋯⋯."

개수대 앞에 선 유코가 못 들을 정도로 나지막이 말했는데, 군소리하지 말고 그냥 드세요, 몸에 좋으니까요, 꾸지람을 듣고 말았다.

기가 죽은 채 우유를 마시려고 컵을 든다고 들었지만 그만 식탁 위에 떨어뜨리고 말았다. 손에 힘이 들어가지 않았다. 원인은 간단하다. 밧줄을 잡고 오르려 했던 탓이다.

유코가 걸레를 들고 와서 벌써 노인이 되고 말았느냐며 식탁 위를 닦았다. 고독을 씹으며 낫토를 달걀과 섞기 시작했다.

"아무것도 부수지 않고 뭘 이룰 수 있다고 생각하는 건 오산이야."

박순신은 내 등을 힘껏 밀면서 그렇게 말했다.

"어쨌든 근육을 만들고 싶으면 일단 오래된 근육을 파괴해야 해. 무너진 것을 새로 세워서 새롭게 하는 거야. 그런 작업을 수도 없이 반복하는 거지."

박순신이 내 뒤에서 물러났다. 나는 등을 땅바닥에 대고 누운 채 숨을 헐떡거렸다. 트레이닝에 들어가기 전의 준비체조가 끝났다. 몸이 굳어 버린 내게는 준비체조도 트레이닝만큼이나 힘들었다.

박순신은 나를 내려다보며 말했다.

"아저씨는 매일 매일 새로 태어나는 거야. 트레이닝을 계속하는 한 퇴화하지 않아."

그런 사고방식도 있었던가.

"언제까지 누워 있을 거야! 일어나. 내일을 위해 파괴와 재구축을 시작해야지."

코스를 따라 달리기 시작하자마자 근육이 당기고 무릎 관절이 후들거렸다. 아무래도 걷는 근육과 달리는 근육은 다른 모양이다. 너무 아파서 균형을 잃고 뒤뚱거리며 달렸다. 미숙한 조종사에게 조종당하는 꼭두각시 인형 같아 보일지도 모르겠다. 온몸 여기저기서 일어나는 통증이 머리로 몰려들어 자신이 달리는지 아파서 멈춰 선 것인지 알 수 없는 지경이었다. 그러나 그와 동시에 나는 어렴풋한 환희에 감싸였다. 다리를 앞으로 앞으로 내디딜 때마다 몸속의 낡은 것들이 '아야!' 비명을 지르면서 죽어 가는 것을 느꼈다. 아니, 그것은 비명이 아니라 새로운 세포가 탄생하는 울음소리일지도 모른다. 나는 그 힘찬 울음소리에 귀를 기울이면서 앞으로 나아갔다.

어제보다 더 심하게 상반신과 하반신의 균형이 잡히지 않아 나무늘보보다 더 느리게 달렸지만 나는 어제보다 더 깊은 만족감을 느끼면서 4킬로미터를 완주했다.

오늘부터 마사지와 함께 점심 전에 복근운동을 20회 하고 팔굽혀펴기를 50회 해야 한다.

"자신이 어떤 몸을 가지고 싶은지, 어떻게 강해지고 싶은지, 머릿속에 이상적인 모습을 그리고 거기에 접근할 수 있도록 노력하는 거야."

복근운동은 그럭저럭 해냈지만 팔굽혀펴기는 열 번 만에 땅바닥에 얼굴을 박고 말았다. 배추흰나비의 애벌레처럼 늘어져 있는 내 곁에서 박순신은 이렇게 말했다.

"그냥 숫자만 채우려 하면 안 돼. 상상을 하면서 움직여. 우리는 인간이지 기계가 아냐!"

눈을 감고 이상적인 모습을 떠올려 보았다. 브루스 리가 떠올랐다. 마음속으로 브루스 리의 기합을 넣으면서 남은 다섯 번을 해치웠다.

돌계단은 32단까지 올라갈 수 있는 상태에 이르렀다. 그러나 돌계단 수는 102개나 된다. 남은 70개의 계단 꼭대기는 아직 요원하다.

밧줄 오르기는 아직도 진보가 없다. 손에 힘이 들어가지 않아 밧줄을 잡자마자 땅바닥으로 주르륵 미끄러져 내렸다. 그 모습을 어제와 같은 노인들이 구경한다.

한 시간 반 정도 애를 쓴 후 땅바닥에 널브러져 있는데, 팩에 든 우롱차가 얼굴 옆에 놓였다. 오늘은 두 개였다. 눈물이 나올 것 같았다.

목욕탕에서 나와 역까지 가는 길에 근육통 때문에 뒤뚱거리며 걷는 나를 보고 박순신이 말했다.

"그 아픔이 그리워질 날이 곧 올 거야."

정말로 그런 날이 올까?

8월 3일

열 바퀴째.

다리가 꽤 무거워졌다. 두 팔을 이전보다 더 크게 뒤로 흔들기로 했다. 팔꿈치를 뒤로 당기면 그게 추진력이 되어 자연스럽게 발이 앞으로 나간다는 것을 며칠 전에서야 깨달았다. 나는 배워 가는 중이다.

앞으로 20미터, 15미터, 10미터, 5미터…….

골인, 마침내 열 바퀴를 주파했다. 숨을 고르려고 코스의 반을 천천히 걸었다.

은행나무 아래로 돌아오니 박순신은 여전히 책을 읽는 모습이다. 인기척을 느꼈는지 순간 냉각 팩을 내 쪽으로 던졌다. 그것을 받아들고 벤치에 앉아 주물러서 숨골에 갖다 댔다. 잠시 숨골을 식힌 다음 복근운동을 50번, 팔굽혀펴기 13번, 그리고 무릎구부려펴기 30번을 20분 걸려 해 냈다.

땀이 범벅이 되어 속옷을 갈아입었다. 나무 그늘에 숨지도 않고 눈앞에서 당당하게 옷을 갈아입는 나를 보고 박순신은 혀를 끌끌 찼다. 내가 캘빈클라인 탱크톱과 트렁크를 입은 게 영 마음에 들지 않는 것 같았다. 폼만 잰다는 게 그 이유인 것 같긴 한데, 사실은 부러워하는 것이 아닐까 싶다.

참치 샌드위치와 삶은 달걀과 우유로 점심을 대신하는데 남쪽 방향에서 네 명의 위문공연단이 나타났다. 우리는 빙 둘러앉아 아이스크림을 먹었다.

"아주 좋아 보이는데요. 피부가 반질반질해요." 하고 미나가타가 말했다.

"그런데 오늘 체중과 쓰리 사이즈는?"

"61킬로, 체지방률 18퍼센트, 위에서부터 88, 71, 89."

내가 그렇게 대답하자 야마시타가 수첩에 메모했다. 나는 이어서 말했다.

"체중이 다시 60대로 올라갔어. 지난주까지는 50대를 유지했는데."

"살찐 게 아냐. 체지방률이 내려갔으니까."

박순신은 아이스크림을 핥으면서 말했다.

"말하자면 근육이 늘어난 거지."

"보기에도 탄탄해진 것 같아요." 하고 이다라시키가 말했다.

"처음 만났을 때하고는 완전 딴사람처럼 건강해 보여요." 하고 가야노가 말했다.

"정말 그럴까?"

내가 그 말을 받아 물었다.

"너무 좋아하지 마."

"예." 하고 대답하는 나.

다들 웃는다. 웃음이 멈추자 미나가타가 생각났다는 듯이 말했다.

"스즈키 씨, 이시하라와 벌일 결전의 날이 9월 1일로 정해졌어요."

모두가 진지한 눈길로 나를 바라본다. 나는 웃으면서 고개를 끄덕였다. 미나가타가 말했다.

"우리가 최고의 무대를 만들어 놓겠습니다."

내가 다시 고개를 끄떡였을 때 박순신이 자리에서 일어났다.

"어디 가는 거야?"

내가 초조한 표정으로 물었다.

박순신은 내 얼굴을 보더니 혀를 차면서 말했다.

"겁먹은 표정 짓지 마. 화장실 가는 거니까."

멀어져 가는 박순신의 등을 바라보다가 시선을 미나가타에게로 옮겨 보니 다들 처음으로 어린아이를 야외로 내보내는 부모처럼 불안한 눈길로 나를 보는 것이었다. 나는 시선을 땅바닥으로 내리고 낙제점수를 받은 아이가 된 기분으로 아이스크림을 핥았다.

아이스크림을 다 먹은 다음 이다라시키와 가야노와 야마시타는 곁에서 공을 차는 어린이 셋과 미니 사커를 시작했다. 나와 미나가타는 즐겁게 공을 차는 이다라시키들과 아이들을 멍하니 바라보았다.

"늦네요, 순신이." 하고 미나가타가 말했다.

"아이스크림 때문에 탈이 난 걸까?"

"놈은 뭘 먹어도 탈이 나는 법이 없어요."

"그런 것 같기는 해."

나와 미나가타는 얼굴을 마주보고 웃었다. 나는 웃음을 거두고 정색을 하며 말했다.

"여름방학인데 정말 미안해."

"아닙니다. 어차피 달리 할 일도 없는걸요."

"그런데 선생님이 자네들을 특별등교하게 해서 조사한다는 거, 무슨 잘못으로?"

미나가타는 빙긋 웃으며 대답했다.

"우리 고등학교 학생 중 누군가가 성적을 관리하는 학교의 호스트 컴퓨터에 침입해서 전교생의 기말고사 전 과목 성적을 모두 100점으로 처리해버렸어요. 우리가 그 혐의를 받은 겁니다. 우리는 평소에도 문제만 일으켜 늘 요주의 인물로 취급받거든요."

"그렇다고 무조건 의심한다는 건 좀 심한데."

"아닙니다. 실제로 우리가 한 걸요."

미나가타는 거침없이 말했다.

"너무 간단해서 재미도 없더라고요. 패스워드가 교장 생일이데요. 정말 기가 차서."

나도 어이가 없어 고개를 저었다. 미나가타는 장난스럽게 웃어 보였다. 나는 잠깐 망설이다가 물었다.

"꼭 물어보고 싶었는데, 왜 나랑 이런 고생을 하지?"

"즐겁기 때문이죠."

미나가타는 주저 없이 말했다.

"그리고 오기 같은 거죠."

"오기?"

미나가타는 살짝 고개를 끄덕였다.

"우리는 시험문제를 잘 풀지 못한다는 단 하나만의 이유로

쭉정이 취급을 당하거든요. 우리가 어떤 인간성을 가졌는가는 아무런 관계도 없어요. 간단히 시험을 쳐서 그 결과로 인간을 분류하고 레테르를 붙여 알기 쉽게 한곳에 모아서 관리하려는 게 기분 나빠요."

미나가타는 거기까지 말하고는 부드러운 미소를 보이면서 다시 말을 이었다.

"우리는 자신이 무엇을 할 수 있는지, 어떤 인간인지 보여주고 싶어요. 지금 우리를 관리하는 놈들이라든지 미래에 우리를 관리하려는 놈들에게."

그것은 미나가타의 말이었지만 동시에 나의 말이기도 했다. 다른 점은 언제 그것을 깨달았느냐 하는 것뿐이다. 내가 연장자로서 대답할 말을 찾지 못해 우물쭈물하는데 갑자기 픽! 하는 소리가 났다. 소리 나는 방향으로 시선을 돌려 보니 야마시타가 엉거주춤 서서 울상을 지으며 이쪽을 바라보는 것이 아닌가. 축구공이 야마시타 발 아래서 통통 튄다. 이다라시키와 가야노는 배를 잡고 땅바닥을 구르며 웃는다. 어린아이들이 걱정스런 표정으로 야마시타를 바라본다. 야마시타의 코에서 코피가 흘러나오기 시작했다. 그것도 양쪽 콧구멍에서. 미나가타는 한심한 놈, 하고 자리에서 일어나더니 야마시타 쪽으로 달려갔다. 미나가타는 청바지 엉덩이 호주머니에서 티슈를 꺼내 야마시타에게 건네주었다. 울상을 짓던 야마시타가 티슈를 받아들더니 웃었다. 그것을 보고 나도 웃었다. 양쪽 콧구멍에서 코피를 흘리면서 웃는 인간은 처음 본 터라 재미있기도 했지만 무엇보다 저절로 미소를 머금게 하는 따스한 풍경 때문이다. 그리고 그 따스한 풍경 속에 사부의 모습이 불쑥 끼어들었다. 박순신은 두 손에 커다란 종이봉지를 들고 믿음직스런 발걸음으로 다가왔다.

"야마시타 놈, 또야."

땅바닥에 종이봉지를 내려놓으며 박순신이 말했다. 박순신이 온 것을 보고 일행은 이쪽으로 걸어왔다. 박순신은 야마시타에게 응급처치를 해준 다음, 일행을 향해 말했다.

"너희들도 좀 도와줘."

"오늘부터 새로운 단계에 들어간다."

박순신은 그렇게 선언했다. 박순신 곁에는 그 친구들이 일렬로 늘어서고, 두 손에는 종이봉지에서 꺼낸 컬러 고무공이 들려 있었다. 나는 넓고 커다란 벽을 등지고 그 애들과 5미터 정도 거리에서 대치하는 모양새를 갖췄다. 뒷벽은 공원에 인접한 체육관이다.

"우선 반사신경을 기르는 훈련을 시작한다." 하고 박순신은 말했다.

"공을 던질 테니 손을 사용하지 말고 피하기만 해, 간다!"

박순신이 손을 드는 순간 내가 황망히 물었다.

"잠깐만!"

"뭐야?"

박순신이 짜증스럽게 말했다.

"마음의 준비가……."

고무공이 총알처럼 날아와 내 얼굴에 부딪쳐 퐁, 맥 빠진 소리를 냈다. 그리고 거의 동시에 아얏! 하고 외치고 말았다. 원망스런 표정으로 얼굴을 문지르는 나를 향해 박순신이 일갈했다.

"이시하라에게 그럴 거야? 마음의 준비가 되지 않았으니 기다려 달라고? 게다가 이시하라의 펀치는 장난이 아닐 텐데."

박순신 곁에 있던 미나가타가 손을 치켜들었다. 나는 얼굴에서 손을 떼고 두 손을 방패처럼 세운 다음 얼굴 앞을 가렸다.

"손 내려!"

박순신의 질타를 받고 나는 손을 내렸다. 맹 스피드로 얼굴 한복판을 노리고 날아오는 공을 간발의 차로 목을 움츠려 피했다. 그러나 오른쪽 귀를 스쳐 귓불이 얼얼했다.

"지금 공은 무슨 색깔?" 하고 박순신이 물었다.

나는 망막에 남은 잔상의 기억을 애써 떠올렸다.

"······파랑?"

자신은 없었지만 박순신은 빙긋 웃으면서 고개를 끄덕였다. 박순신은 이다라시키와 눈을 마주쳤다. 이다라시키가 손을 높이 치켜든다. 이다라시키가 손에 쥔 공의 색깔을 확인했다. 빨강, 절대로 눈을 돌려서는 안 된다. 빨강이 이다라시키의 손을 떠나 허공을 가르면서 날아왔다. 빨강이 또렷이 눈에 비치는 게 너무 무서워 한순간 몸이 얼어붙은 바람에 코에 정통으로 맞고 말았다. 묵직한 통증과 함께 코 안쪽에서 철분 냄새가 솟구쳤다. 그와 동시에 눈물이 맺히고 시야가 흐릿해졌다.

"한 가지에 너무 집착하면 움직임이 둔해지는 거야." 하고 박순신이 말했다.

"아까는 색깔을—."

박순신이 나의 반론을 가로막았다.

"그냥 무슨 색깔이냐고 물어봤을 뿐이야. 색깔 맞추기 게임을 하는 게 아니잖아."

교활한 놈······.

박순신은 내 눈을 응시하면서 말했다.

"형태나 색깔에 집착하지 마. 그냥 공을 보고 본질을 붙들어 보란 말이야."

박순신은 야마시타에게 눈짓을 했다. 야마시타는 콧구멍에

티슈를 쑤셔 박은 얼굴로 진지하게 고개를 끄덕이더니 사정없이 공을 뿌렸다. 그러나 너무 힘을 넣는 바람에 공이 손가락에 걸려 공을 놓는 타이밍을 놓치고 말았다. 결국, 공은 발아래 박히고 말았다. 그리고 공은 절대로 거부할 수 없는 자연의 법칙에 따라 정확히 야마시타의 눈두덩을 쳤다.

픽!

야마시타의 코에서 티슈가 빠져나오고 코피가 흘러내리기 시작했다.

이다라시키와 가야노는 땅바닥을 구르며 웃기 시작했다. 미나가타는 한심한 놈 하고 혀를 찼고, 박순신은 어이가 없다는 표정으로 고개를 절레절레 흔들며 야마시타에게 말했다.

"좀 쉬어."

야마시타는 응, 하고 기죽은 표정으로 고개를 끄덕이더니 손으로 코를 잡고 대열을 벗어났다. 박순신이 미나가타를 보았다. 미나가타는 갑니다! 하고 공을 뿌렸다.

그냥 공을 봐.

오케이, 공을 받아들여.

맞는다고 죽지 않아.

그 대신에, 그 아픔을 영양분으로 삼아 반드시 강해지고 말 거야.

79, 80, 81……

82단에서 뒤꿈치가 닿고 말았다. 앞으로 20단.

밧줄 오르기는 겨우 목표의 반을 달성했다. 하루가 다르게 구경하는 노인들 수가 늘어나서 매일 20명 정도가 찾아온다. 최근에는 우롱차는 물론이고 김밥과 과자를 두고 가는 사람도 있다.

오늘은 한 시간 반 정도 애를 쓰다가 땅바닥에 큰대자로 드러누워 있자니 곁에 우롱차 따위가 놓여 있었다. 내가 고맙다고 인사를 하자 어떤 할머니가 내 얼굴 옆에 5엔짜리 동전을 놓더니 합장을 했다. 나는 어떻게 대응해야 할지를 몰라 멍하니 하늘만 바라보았다. 박순신이 나무 위에서 그 모습을 보고 웃었다. 그리고 장난스런 몸짓으로 내 쪽을 향하여 손을 모았다.

목욕탕 탈의실의 커다란 거울에 비치는 나의 복근은 희미하긴 하지만 여섯 개의 덩어리로 나뉘기 시작했다. 허벅지에는 근육의 물결이 생겨났다. 팔에서는 딱딱한 혹이 보인다. 한 달 전에 비한다면 명백히 음양이 뚜렷한 육체로 변했다.

거울 앞을 벗어나 로커에서 낡은 브리프를 꺼내 입었다. 유코에게 들키지 않으려는 일종의 '변장'인 셈인데 자신이 슈퍼맨임을 감추는 클라크 켄트가 된 듯한 쾌감에 사로잡혔다. 사실 난 오갈 데 없는 월급쟁이에 지나지 않지만.

빨래방에서 박순신과 합류하여 역으로 향했다.

이케부쿠로에 도착했을 때 내가 말했다.

"한 번 정도는 식사대접이라도 할 수 있게 해줘야지."

박순신은 고개를 저었다.

"언젠가는."

박순신은 그렇게 말하고 브루스 리처럼 인사를 했다. 나도 똑같이 했다. 곁을 지나는 한 커플이 우리를 보고 소리 내어 웃었다.

시간을 죽이기 위해 CD 숍에 들러 DVD 매장에서 액션 영화를 살펴보고 몇 장을 샀다. 덧붙이자면 브루스 리와 성룡의 영화는 모두 보았다. 얼마 전에는 스티븐 시걸의 영화에 푹 빠졌었다.

오후 열 시 12분.

버스가 내 곁을 지나갔다.

좋아, 하고 나도 출발했다. 이제는 세 번째 정류장까지는 앞서거니 뒤서거니 할 정도가 되었다. 얼마 전에 새로 산 가방을 등에 메고 달린다.

주변 풍경이 잘 보인다. 지금까지 버스 차창을 통해서만 보았던 것을 가까이서 보고 느낀다. 두 번째 정류장에서 가까운 편의점 주인의 피로에 전 얼굴, 어느 집에선가 흘러나오는 야구중계 소리, 폐점 시간이 가까워진 꽃집에서 풍겨 나오는 꽃내음, 동사무소 게시판에 적힌 '사랑해'라는 낙서, 자전거를 세워 두고 키스하는 연인, 담 위에서 울적한 표정으로 밤하늘을 올려다보는 고양이.

오늘은 네 번째 정류장 앞 50미터 지점에서 버스의 모습을 놓치고 말았다.

그러나 이제 얼마 남지 않았다. 반드시 잡고야 말겠다.

집에 도착했다. 하루카의 방을 올려다본다. 여전히 커튼이 드리운 창의 어둠은 밤보다 더 깊다. 잠시 창을 바라보다가 집으로 들어갔다.

두부와 미역 샐러드. 식초와 레몬이 듬뿍 뿌려진 다랑어 회. 흰 쌀밥에 호박과 톳을 넣은 된장국. 식후에는 벌꿀을 친 키위.

키위를 먹으며 부엌에서 설거지를 하는 유코의 등을 향해 말했다.

"하루카는 좀 어때?"

유코는 뒤를 돌아보지 않고 그저 그래요, 하고 대답했다. 나는 잠시 망설이다가 말했다.

"조금만 참아. 내가 하루카를 데리고 올 테니까."

유코가 가볍게 고개를 끄덕였다.

"하루카에게 그리 전해줘."

샤워를 하고 〈매드 맥스〉를 본 다음 잠자리에 들었다.

나의 절친한 친구 잠이 찾아와 내 손을 잡고 푸근한 어둠 속으로 이끌어 가려 한다.

나는 최근에서야 그 맛있는 잠의 정체를 알아차렸다. 어린 시절, 여름방학 때 풀이나 해변에서 수영을 한 다음이면 반드시 찾아오던 그 잠이었다. 그것은 아무 대가도 바라지 않고 그냥 내가 잠들기만을 바란다. 나는 그 잠을 매개로 하여 하루하루 다시 태어난다.

잠이 내 손을 세차게 끌어당겼다.

거부할 이유가 없다.

나는 잠과 함께 이름 없는 어둠 속으로 이어지는 급한 계단을 달려 내려갔다.

8월 8일

하늘이 당장이라도 울어 버릴 것 같은 얼굴로 아래 세상을 내려다보는 것 같다.

"오랜만에 비가 올 것 같아."

신사의 돌계단을 내려가면서 박순신이 말했다.

"그럴 것 같네."

박순신이 하늘을 올려다보면서 몇 계단을 내려간 다음 불현 듯 발걸음을 멈추고 발아래를 내려다보았다. 박순신의 시선을 따라가다가 왼쪽 운동화 끈이 끊어진 것을 알았다. 그때 처음으로 발견한 건데, 박순신의 운동화는 낡을 대로 낡은 것이었다.

나는 돌계단에 걸터앉아 가방 안에서 예비용 끈을 꺼내 박순신에게 건네주었다.

"유비무환이란 말이 있잖아."

박순신은 고맙다며 끈을 받아들고 돌계단에서 허리를 숙여 응급처치를 했다.

박순신이 운동화 끈을 다 맸을 때 나는 말했다.

"돌아가는 길에 같이 운동화라도 사지 않을래?"

"운동화라니, 내가 신은 건 스니커즈야."

나는 개의치 않고 말을 이었다.

"선물하고 싶어."

박순신은 미간을 찌푸리며 당혹스러워했다.

"괜찮아. 내가 사면 돼."

"그냥 한 번쯤은 사람 말을 들어줘."

목욕탕에서 역까지 가는 동안, 그리고 이케부쿠로에 도착할 때까지 전차 안에서 사 줄게, 내가 산다니까, 그런 말싸움을 벌이다가 결국, 사 줄게, 가 이겼다. 나의 끈기가 빛을 발한 것이다.

둘이서 이케부쿠로 거리를 걸어서 스포츠용품점에 들어갔다. 스니커즈 매장에서 고르고 골라 결국 나이키 스니커즈로 결정했다.

"정말 괜찮은 거야?"

미안한 듯이 그렇게 말하는 박순신을 매장에 남겨 두고 계산대로 향했다. 한참이나 줄을 섰다가 이윽고 계산을 마치고 매장으로 돌아와 보니 박순신의 모습이 보이지 않아 매장 안을 한참이나 찾으러 다녔다. 그는 어린이용 스니커즈 매장에 있었다. 박순신은 작은 여자애 앞에 쭈그리고 앉아 사이좋게 노는 중이었다. 여자애 곁에는 부모인 듯한 흑인남자와 일본인 여성이 서서 둘을 바라보며 미소를 짓는다. 나는 조금 떨어진 곳에서 박순신을 살펴보았다. 흑인 남자가 여자애에게 무슨 말을 했다. 여자애는 불만스런 표정으로 고개를 끄덕인 다음 몸을 던지듯이 박순신의 품에 안겼다. 박순신은 여태 내가 보지 못했던 따스한 미소를 머금은 채 여자애의 작은 몸을 살포시 안아 주었다. 여자애가 박순신의 볼에 키스를 한 다음 품에서 떨어져 나와 부모에게로 돌아갔다. 박순신은 그 세 사람과 손을 흔들어 인사를 하고는 내 쪽을 바라보았다. 박순신은 나를 보고 겸연쩍은 듯 얼굴을 붉히더니 웃음을 거두었다.

가능하다면.

나는 생각했다.

가능하다면, 남자애를 가지고 싶어.

가게를 나서서 이케부쿠로 역으로 향하는 도중에 비가 내리기 시작했다. 박순신이 지름길을 안다고 해서 골목길로 접어들었다. 박순신은 아까의 감정이 아직도 남은 듯 말없이 그냥 발걸음만 옮겼다. 내가 말했다.

"자네는 좋은 아버지가 될 거야."

"목소리가 왜 그렇게 애절해?"

박순신은 짐짓 화난 듯이 말했다.

나는 어쩐지 기분이 좋아져서 계속 말을 이었다.

"아냐, 미스터 박. 언젠가 자네 자식을 내 눈으로 보고 싶어."

박순신은 코웃음치며 말했다.

"그때까지 살아나 있을까?"

내가 그냥 풀이 죽어 입을 꾹 다물어 버리자, 농담이야, 하고 웃었다. 나도 덩달아 웃는데 뒤에서, 어이! 하고 부르는 소리가 들렸다. 우리는 거의 동시에 목소리가 들려오는 쪽으로 고개를 돌렸다. 막 지나친 편의점 앞에 불량배로 보이는 젊은이 세 명이 쭈그리고 앉아 험악한 눈길로 우리를 째려본다.

박순신의 분위기가 한순간에 바뀌어 버렸다. 그 변화를 뭐라 설명하기 어렵다. 억지로 표현하자면 쾌청한 하늘이 갑작스럽게 어둠으로 변하면서 당장이라도 소나기를 퍼부을 것 같은. 편의점 앞 세 사람의 눈길이 나를 향하지는 않았다. 박순신을 응시했다. 그 눈에는 긴장과 공포와 흥분이 마구 뒤섞인 광기 같은 것이 깃들어 있었다.

내가 억지로라도 박순신의 등을 떠밀며 그 자리를 벗어났더라면 아무 일도 없었을 것이다. 그러나 나는 피부가 얼어붙을 만큼 긴장해서 꼼짝도 하지 못했다.

세 사람은 일어서더니 천천히 우리에게로 다가왔다. 박순신이 스포츠 백과 스니커즈가 든 종이봉지를 나에게로 내밀었다. 나는 그것을 가슴으로 받았다.

세 사람은 우리와 1미터 정도 거리를 두고 우뚝 멈추어 섰다. 한가운데 선 금발 사내가 헤실헤실 웃으면서 말했다.

"니들 뭐하는 놈이야? 나이 차이를 극복한 게이냐? 뭐야, 미스터 박이라고. 네들 외국인인가? 외국인이라면 빨랑 일본을 떠나야지. 눈에 거슬려."

오른쪽에 선 빡빡머리 사내가 묘하게 혀 꼬부라진 목소리로 말했다.

"떠날 때는 엔을 두고 가는 거야. 주소 가르쳐주면 우리가 부쳐 줄 테니까."

왼쪽에 선 빨간 니트 모자는 아무 말 없이 굶주린 맹수 같은 눈길로 박순신을 째려본다.

아무런 징후도 없었다.

내 곁에서 뭔가가 움직이는가 했더니 픽, 소리와 함께 니트 모자의 코에서 피가 흘러내렸다. 박순신은 니트 모자의 얼굴에 박은 자신의 이마를 재빨리 원위치하고 난 다음, 이번에는 니트 모자의 티셔츠 소매를 잡고 앞으로 끌어당기더니 눈을 허옇게 까뒤집는 니트 모자의 얼굴에 다시금 이마를 박았다. 픽! 니트 모자는 무릎을 꺾고 의식을 잃은 채 바닥에 널브러졌다. 박순신은 니트 모자의 티셔츠에서 벗어난 오른 손가락 끝을 금발의 눈언저리를 향해 날렸다. 금발이 윽! 짧은 비명을 지르며 오른손으로 두 눈을 감쌌다. 박순신은 몸을 살짝 낮추더니 텅 빈 금발의 사타구니에 오른손 어퍼컷을 꽂아 넣었다. 크홋! 금발은 목 저 안쪽에서 터져 나오는 고통스런 비명과 함께 오른손으로는 눈을, 왼손으로는 사타구니를 잡은 채 앞으로 푹 꼬꾸라지면서 의식을 잃어버렸다.

거기까지 10초도 걸리지 않았을 것이다. 박순신은 오른손 엄지손가락으로 이마에 묻은 피를 훑어낸 다음 표정 없는 눈길로 빡빡머리를 바라보았다. 눈꼬리의 상처만이 박순신의 내면을 표현하는 듯 이상하리만치 발갛게 도드라졌다. 그리고 빡빡머리는 잔뜩 겁먹은 눈길로 박순신을 응시했다. 빡빡머리는 너무도 안이하게 그 공포에서 도망치는 길을 택했다. 바지 호주머니에서 5센티 정도나 될까, 나이프를 꺼내 박순신을 위협했다. 박순신은 여전히 표정 없는 얼굴로 말했다.

"나를 죽일 수 있겠어, 일본인?"

빡빡머리가 침을 삼켰다. 꼴깍, 소리가 들릴 정도로 목젖이 크게 움직였다. 박순신은 물 흐르듯 자연스럽게 빡빡머리에게 다가갔다. 빡빡머리는 나이프를 내민 채 황망히 두세 걸음 물러나다가 박순신의 기세에 눌려 우뚝 멈춰 섰다. 빡빡머리는 공포에 질린 나머지 몇 되지 않는 선택지 가운데서 어떤 한 가지를 골랐다. 칼끝이 박순신을 향해 뻗어 나갔다. 박순신은 왼팔을 갑자기 굽히더니 팔꿈치 언저리의 근육으로 나이프를 받았다. 지익, 소리와 함께 칼날의 반이 근육을 파고들었다. 빡빡머리는 금방이라도 울음을 터뜨릴 것처럼 얼굴을 찌푸리며 나이프 손잡이를 놓아 버렸다. 박순신은 그 손잡이를 잡고 칼날을 빼내 땅바닥에 떨어뜨렸다. 나이프가 아스팔트에 부딪치면서 깡, 소리가 났다. 박순신은 어이, 하고 불러서 땅바닥에 떨어진 나이프를 내려다보는 빡빡머리의 시선을 위로 끌어올렸다. 박순신이 빡빡머리의 얼굴을 향해 왼팔을 흔들었다. 손가락까지 흘러내린 피가 빡빡머리 얼굴 위에 흩어지자 시야를 잃어버린 빡빡머리는 조건반사적으로 손을 올려 눈을 닦았다. 박순신은 앞이 열린 빡빡머리에게로 스르르 다가가더니 뒤통수를 두 손으로 잡고 앞으로 끌어당겼다. 빡빡머리 얼굴이 90도로 인사하듯 아래로 내려가고, 그와 동시에 박순신의 오른 무릎이 치켜 올라갔다. 빠직! 둔탁한 소리. 마치 딱딱한 돌과 돌이 부딪치는 것 같은 소리. 힘을 잃은 빡빡머리의 몸은 그냥 앞으로 무너지더니 땅바닥에 널브러져 버렸다.

박순신은 바닥에 쓰러져 있는 세 사람을 무덤덤하게 내려다본 다음, 내 쪽을 바라보았다. 박순신은 빙긋 웃었다. 시험점수를 잘 받아 부모에게 칭찬을 받고 싶어 하는 어린아이처럼 조금 부끄러운 듯이. 팔의 상처에서 쉴 새 없이 흘러나온 피는 손가락 끝을 따라 방울방울 아래로 떨어진다. 아니, 떨어지는 것은 피만이 아니었다. 나는 하늘을 올려다보았다. 하늘이 본격적으로 울기 시작했다.

나는 박순신에게 다가가 힘껏 뺨을 갈겼다. 박순신은 어이없다는 표정으로 나를 멀뚱히 바라보았다. 나는 스포츠백에서 티슈를 꺼내 박순신에게 던지고 역으로 걸어가기 시작했다. 그러나 다섯 걸음만에 멈춰 서서 가방 안에서 타월을 꺼내 멍하니 서 있는 박순신 쪽으로 던졌다. 박순신은 타월을 집긴 했지만 무슨 영문인지를 모르겠다는 의구심 섞인 눈길로 나를 바라보았다. 나는 팔의 상처 쪽으로 시선을 옮겼다. 박순신은 그제서야 상처가 난 사실을 알았다는 듯 황급히 타월로 상처를 감쌌다. 나는 발걸음을 돌려 다시 걸어가기 시작했다.

5미터 정도 걸어갔을 때 등 뒤에서 박순신이 화난 소리로 외쳤다.

"뭐야! 씨팔! 뭐냐고!"

나는 뒤를 돌아보지 않았다.

8월 9일

어제부터 내리던 비는 물러나기가 아쉽다는 듯 보슬비로 바뀌어 아직도 거리를 적신다.

지금까지 비가 내리건 바람이 불건 늘 은행나무 아래서 나를 맞아주던 박순신의 모습이 보이지 않았다. 30분을 기다리다가 오전 아홉 시 반에 공원을 나섰다.

전차를 갈아타고 미나가타의 고등학교로 향했다.

고등학교에 도착하여 지난번과 같은 길을 따라 교정으로 들어서자마자 선생으로 보이는 젊은 남자와 마주쳤다. 남자는 노란 탱크톱에 빨간 반바지, 하얀 양말에 녹색 스니커즈, 거기에다 청색 비닐우산을 쓴 모습이었다. 도저히 정상적인 색채감각이라 할 수 없는 차림으로 내 앞길을 가로막고 서더니 무슨 영문인지 나를 째려보았다. 마치 피가 차가운 파충류 같은 눈매였다. 이상하게도 어디선가 본 듯한 느낌이 들었다. 최근에 어디선가 본 듯한…….

"당신, 누구신가?"

너는 수상한 놈이다. 그런 감정이 노골적으로 드러나는 목소리로 남자는 내게 물었다. 내가 대답할 말을 찾지 못해 우물쭈물하는데 남자는 입술 끝을 끌어올리면서 빙긋 웃더니 우산을 접고 슬쩍 내 쪽으로 다가왔다.

나를 칠 생각일까?

갑작스런 남자의 태도에 당황하면서도 만일의 사태에 대비해서 나도 우산을 접는데, 남자 뒤에서 목소리가 들려왔다.

"아, 기다렸습니다."

남자의 등 뒤에서 나타난 사람은 남자의 인상과는 정반대로 지적인 얼굴을 한 초로의 신사였다. 다만, 푸석한 백발 때문에 SF영화에서 자주 보는 약간 맛이 간 과학자처럼 보였다.

"내 손님입니다. 사루지마 선생."

사루지마라는 남자는 신사의 출현에 서둘러 표정을 바꾸더니 아까와는 다른 태도를 보였다.

"불량배인 줄 알았습니다. 요즘 시끄러운 일들이 많아서요."

신사는 얼굴 가득 미소를 머금으며 말했다.

"사루지마 선생의 차림새가 더 불량해 보이는데요."

사루지마는 입을 뒤틀며 웃더니, 그 어투는 정말 여전하시네요, 요네쿠라 선생님, 하고 말했다. 어금니 가는 소리가 들려올 것 같은 표정이었다.

"그럼, 가시죠."

요네쿠라라는 남자는 그렇게 말하더니 앞장서서 걸어가기 시작했다. 나는 말없이 고개를 끄덕이고 요네쿠라의 등 뒤를 따라갔다. 곁을 지나치는데 사루지마가 우주에서 가장 험악한 눈길로 나를 째려보았다. 생각해 보니 최근 DVD로 보았던 〈주라기 공원〉에 나오는 벨로키랍토르의 눈매, 바로 그것이었다. 나는 기억을 떠올렸다는 사실이 너무 기뻐서 큭큭, 웃었다. 그러자 뒤에서 쩝쩝, 공기를 씹는 소리가 들려왔다. 나는 재빨리 웃음을 거두었다.

사루지마의 모습이 사라진 것을 확인한 다음, 나는 요네쿠라에게 물었다.

"죄송합니다. 저는……."

"스즈키 씨, 맞지요?"

요네쿠라가 변함없이 상냥한 표정으로 말했다.

"미나가타에게 들었습니다."

나는, 그렇습니까, 하고 대답했지만 그다음에는 무슨 말을 해야 좋을지 몰라 그냥 요네쿠라 옆에 서서 걷기만 했다.

"그러고 보니."

요네쿠라는 문득 생각났다는 듯이 말했다.

"아까 그 사루지마는 내 제자입니다. 옛날부터 쌈박질만 해대는 바람에 이만저만 골치를 썩이는 게 아닙니다."

나는, 아, 그렇습니까, 하고 대답했다. 계단을 오르는 도중에 요네쿠라가 내 발을 내려다보며 빙긋 웃었다. 나도 모르게 발끝으로 걷는 것이었다.

"그 애들과 같이 있으면 즐겁지 않습니까?"

준비실로 이어지는 복도를 걸으면서 요네쿠라가 혼잣말처럼 말했다. 나는, 예, 하고 힘차게 고개를 끄덕였다. 준비실 문앞에 서서 요네쿠라가 노크를 했다. 약간 틈을 두고 누구십니까? 라는 미나가타의 목소리가 들렸다. 요네쿠라가 나야, 하고 대답하자 문이 열렸다. 미나가타가 놀란 표정으로 나와 요네쿠라의 얼굴을 번갈아 바라보았다. 나와 요네쿠라는 준비실 안으로 들어갔다. 방 안에는 이다라시키, 가야노, 야마시타의 모습이 보였다. 책상 위에는 설계도 같기도 하고 약도 같기도 한, 어쨌든 뭔가를 빼곡 적어 넣은 커다란 종이가 펼쳐져 있었다.

"웬일이세요?"

미나가타가 물었다.

요네쿠라가 대답했다.

"아래쪽에서 사루지마하고 실랑이를 벌이기에 우연히 지나다가 이쪽으로 모시고 온 게야."

미나가타는 얼굴을 찌푸리면서, 원숭이 자식, 하고 중얼거리고는 이내 웃음 띤 표정으로 말했다.

"이분은 이 준비실의 책임자이신 요네쿠라 선생님이세요."

요네쿠라는 벌써 내 소개를 했어, 하고 웃으면서 문손잡이를 잡았다.

"그럼, 수고들 해."

요네쿠라가 방을 나서려 하기에 나는 황망히 요네쿠라에게 고개를 숙였다.

요네쿠라는 푸근한 미소를 머금었다. 나도 모르게 브루스 리처럼 인사를 한 것이다.

"건투를 빕니다."

요네쿠라는 그 말만 남기고 방을 뒤로했다.

미나가타가 원하는 대로 나는 소파에 앉았다.

"웬일이세요?"

미나가타가 다시 내게 물었다. 나는 잠시 망설이다가 되물었다.

"순신이 오지 않았어?"

"오늘 말입니까?" 하고 미나가타가 되물었다.

나는 고개를 끄덕였다. 미나가타는, 오지 않았다면…… 하고 고개를 갸우뚱하더니 이다라시키 쪽을 바라보았다. 다른 세 명도 고개를 가로저었다. 미나가타가 물었다.

"공원에 오지 않았습니까?"

나는 고개를 끄덕이고 물었다.

"박순신의 휴대폰 번호 좀 가르쳐주게."

"우리는 휴대폰 없어요." 하고 미나가타가 말했다.

"한 사람도? 왜?"

미나가타는 내 말을 무시하고 말했다.

"무슨 일이라도 있습니까?"

나는 숨을 몰아쉰 다음 어제 일어난 일을 이야기하기 시작했다. 미나가타는 심각한 표정으로 이야기에 귀를 기울였다.

내 이야기가 끝나자 미나가타가 물었다.

"왜 박순신의 뺨을 때렸죠?"

모두의 시선이 나에게 모였다. 나는 바닥으로 시선을 떨어뜨리며 말했다.

"순신 때문이 아니야. 나 자신이 너무 서글퍼서…… 나에 대한 짜증을 순신에게 풀려 한 거야."

"그게 무슨 말이죠?"

이다라시키가 물었다.

"순신이 싸우는 모습을 보고 난 깨달았어. 그의 마음속에서 꿈틀대는 그 분노는 내가 보고도 못 본 척하는 사이에 생겨난 거야. 내 책임이야……."

"그렇지 않아요."

미나가타는 거기까지 말하다가 말꼬리를 흐리고 말았다. 나는 시선을 아래로 둔 채 말을 이었다.

"나는 지금까지 힘껏 살아왔어. 다른 사람에게 조금도 부끄럽지 않게 살았다고 자부해. 그렇지만 지금은 모든 게 부끄러워. 박순신의 말대로 나는 지금까지 반경 1미터 정도의 시야밖에 갖지 못했던 거야. 우연한 기회에 자네들을 만나 그걸 깨닫게 되었지…… 나는 박순신을 위해 지금까지 아무것도 하지 못했어. 그 같은 존재가 있다는 사실조차 몰랐더랬지…… 그에게 더는 그런 식으로 싸우게 하고 싶지 않아…… 나는 고작 월급쟁이에다 세상을 바꿀 힘도 없지만 그 대신에 그를 지켜주고 싶어…… 나는……."

얼굴을 들고 시선을 정면으로 받으면서 나는 말을 이었다.

"나는 강해지고 싶어."

그 순간 방 안에 침묵이 흘렀다. 미나가타가 푸근한 미소를 머금으며 말했다.

"순신이란 놈, 이제 슬슬 공원에 도착할 때가 되었을 겁니다."

"어떻게 그걸 알아?"

"휴대폰이 없으니까 자연히 텔레파시가 발달했지요."

야마시타가, 그럼, 하고 고개를 끄덕였다.

이다라시키가, 바보, 라고 미나가타를 향해 말한 다음 나에게 말했다.

"순신은 아마도 상처를 치료하러 병원에 갔을 겁니다."

야마시타가, 그럼, 하고 고개를 끄덕였다.

가야노가 끼어들었다.

"순신은 뺨 한 대 맞았다고 기가 죽을 놈이 아니에요."

야마시타가, 그럼, 하고 고개를 끄덕였다.

이다라시키가 말했다.

"그리고 스즈키 씨 마음도 잘 알 겁니다."

미나가타가 말했다.

"순신은 대단한 놈입니다."

이다라시키, 가야노, 야마시타가 일제히, 그럼, 하고 고개를 끄덕였다.

네 명의 얼굴에 떠오른 미소를 둘러보며 나도, 응, 하고 고개를 끄덕였다.

소파에서 일어나 브루스 리처럼 인사를 하고 방을 나섰다.

확실히…….

복도를 걸으면서 나는 생각했다.

확실히, 이 애들에겐 휴대폰이 필요 없어.

전차를 타고 가는 도중에 비가 그쳤다.

증발하지 못하고 남은 거리의 물방울은 구름 사이로 얼굴을 내민 햇빛을 받아 이름도 없는 한순간의 보석이 되어 반짝반짝 빛난다. 공기 중에서 여름의 꽃내음이 풍겨났다. 꽃 이름은 생각나지 않았지만.

공원이 시야에 들어왔다. 나는 심호흡을 하고 입구 쪽으로 달려갔다.

단숨에 은행나무 아래에 이르렀다.

"왜 이리 늦어?"

나의 사부는 나무 아래에 비닐 시트를 펼쳐 놓고 늘 그렇듯 책을 읽으면서 나를 기다렸다. 왼팔에는 하얀 붕대가 감겨 있다. 나는 필사적으로 그 붕대를 응시하고 눈동자에 새겨 둔 다음 말했다.

"미안해."

"빨리 옷 갈아입어."

나는 고개를 끄덕이고 옷을 갈아입기 시작했다. 문득, 박순신의 발을 내려다보았다. 어제 산 스니커즈가 아니었다.

"고마워."

내가 그렇게 중얼거리자 박순신은 의아한 표정을 지으며 책에서 눈길을 들어올렸다. 그리고 나의 속옷을 보고는 평소처럼 기가 차다는 듯이 혀를 끌끌 찼다.

다음에는 캘빈클라인 속옷을 선물해야지.

그런 생각을 했다.

8월 14일

박순신은 내게서 5미터 정도 떨어진 위치에서 야구공을 쥐고 나를 무덤덤하게 바라본다.

"간다!"

나는 심호흡을 하고 고개를 끄덕였다.

박순신이 팔을 치켜들었다.

건장한 팔뚝이 휙, 소리를 내며 공을 아래로 뿌렸다. 오른쪽.

상반신을 오른쪽으로 기울이는 순간 왼쪽 귀 옆에서 부웅! 거대한 벌이 지나는 소리가 울렸다.

저기에 맞으면 어떻게 될까?

아냐, 생각아 생각을 하지 말자. 맞으면 그때 가서 생각하기

로 하자. 지금 무엇보다 중요한 건 긴장을 풀고 눈앞의 사태를
받아들이고 유연하게 대처하는 것이다. 간단히 말하면 이렇다.

어쨌든 맞지 않도록 할 것.

아래.

무릎을 꺾어 몸을 굽힌 내 머리 위로 야구공이 날아갔다.

잘 보인다. 표면이 굴곡까지 보이는 것 같다.

오른쪽.

시신경과 운동신경이 사이좋게 손을 마주 잡고 나의 몸을
움직인다.

왼쪽.

피할 때마다 쾌감이 등허리를 치닫는다.

아래.

하하하.

최후의 일구.

왼쪽. 찰나적으로 나는 박순신과 무언으로 대치한다.

박순신이 빙긋 웃는다.

나는 박순신을 향해 왼손을 펼쳐서 손바닥을 위로 한 다음
엄지를 제외한 네 손가락을, 어서 이리 와, 라며 두 번 굽혔다.
브루스 리가 자주 써먹는 몸짓이다. 기왕에 하는 것, 표정까지
한 번 흉내내 보았다.

박순신의 얼굴에서 웃음기가 가셨다.

"다시 기초부터 철저하게 다져 볼까?"

나는 부동자세로 서서 표정을 원위치하고 고개를 세차게 가로저었다.

"주워."

박순신의 지시에 따라 열심히 공을 줍는 내 등 뒤에서 박순신이 중얼거렸다.

"하나도 안 비슷해……."

박순신은 나와 2미터 떨어진 위치에 서서 나를 바라본다.

"잘 봐."

고개를 끄덕였다.

박순신은 두 주먹을 얼굴 높이에 맞추고 팔을 굽혀서 복싱 포즈를 취했다. 그리고 훗, 하고 가볍게 호흡을 하고 다음 순간, 두 팔을 번갈아 내밀며 섀도복싱을 시작했다. 군더더기라고는 찾아볼 수 없는 과학적이며 본능적인 동작이었다. 아마추어 눈으로도 알 수 있었다. 그리고 너무도 아름다웠다.

펀치가 허공을 가를 때마다 슈웃, 소리가 났다. 발은 잔디를 꽉 밟았다. 슷슷. 그 두 가지 소리가 연주하는 리듬이 경쾌하고 기분 좋게 들려온다.

소리가 멈추었다.

박순신은 팔을 늘어뜨리고 잘게 잘게 가슴을 아래위로 움직이며 숨결을 고르기 시작했다. 나는 말없이 박순신을 바라보았다. 박순신의 가슴 움직임이 멈추었다. 박순신은 내 눈을 응시하며 말했다.

"혹시 나를 대신해서 싸워 주지 않을까 하고 생각했지?"

태어나서 처음으로 내 가슴이 철렁하는 순간이었다. 어떻게든 숨겨 보려고 일단 웃었다. 그게 오히려 역효과를 내고 말았다.

"바보같이 웃지 마. 멍청해 보여."

박순신은 어이가 없어 하며 말했다.

"기분 나빠."

"죄송합니다."

난 기어들어가는 목소리로 말했다.

박순신은 다시 자세를 잡고 나를 바라보았다. 나도 자세를 고치고 박순신을 마주하고 섰다. 박순신이 말했다.

"아저씨가 이시하라하고 싸워서 이길 확률은 어느 정도나 된다고 생각해?"

"……."

"제로야."

예상한 대답이긴 하지만 충격적이었다.

"그렇다면 어떻게 해야 해?"

"아저씨가 이시하라의 빈틈을 파고들 수 있는 유일한 가능성은 이시하라가 복싱 챔피언이라는 거야."

"에!"

"당연한 일이지만 복싱 챔피언이 되려면 죽을힘을 다해 복싱 기술과 룰을 익혀야 해. 매일 넌더리가 날 정도로 반복연습을 하지 않으면 안 돼. 그러니 익히면 익힐수록 몸이 무거워질 수도 있어."

박순신은 거기까지 말하고 오른손 검지로 자신의 머리를 가리켰다.

"여기서 딱딱해져 버려. 한 가지를 고집하거나 거기에 너무 심하게 의존하면 유연성을 잃어. 예를 들면."

박순신은 복싱의 파이터 포즈를 취하고 말을 이었다.

"이시하라는 정통파 스타일의 복서이면서 오른손잡이야. 아저씨가 다가가면 거의 100퍼센트 확률로 왼손 잽을 던질 거야. 조건반사적으로."

박순신은 날카롭고 빠르게 왼손 잽을 날렸다.

"그런 식으로 훈련을 하기 때문에 거의 파블로프의 개가 돼."

박순신은 파이팅 포즈를 풀고 다시 나를 향해 말했다.

"펀치는 복싱 세계에서는 절대적으로 유효한 공격이야. 그렇지만 다른 세계에서는?"

"……."

"아저씨가 다른 세계로 들어가서 펀치를 소용없게 만들면 돼. 그렇지만 그러려면 우선 이시하라의 세계에 들어가지 않으면 안 돼. 왼손 잽을 피하면서 말이야. 그런데 이시하라를 어떤 세계로 끌어들일 거야?"

나는 잠시 틈을 두었다가 대답했다.

"나의 세계."

박순신은 빙긋 웃었다.

"좋았어. 그렇다면 오늘부터 아저씨의 세계를 만들어야지."

내가 고개를 끄덕이자 박순신은 조금 떨어진 곳에 두었던 얇은 타월을 집어서 두 주먹에 둘둘 감았다.

즉석에서 밴디지를 하고 나서 박순신은 정통 파이팅 포즈를 취하고 왼팔만을 내 쪽으로 천천히 내밀었다.

— 팔 하나로 상대하지 못하고 손을 들다니 서글픈 사람이잖아.

트레이닝을 시작하던 날 박순신이 했던 말이 뇌리에 떠올랐다. 그러나 그때와 지금의 나는 하늘과 땅만큼 다른 게 분명하다. 박순신은 왼팔을 뻗은 채 말했다.

"왼손 잽을 피한 다음 나의 하반신에 태클을 걸어 봐. 고등학교 때 럭비부에서 태클 연습을 했을 테지? 그걸 떠올려 봐."

"그렇지만……."

"몸은 한 번 익힌 것을 쉽게 잊지는 않아."

박순신은 왼팔을 접고 말했다.

"달려들어 봐."

나는 마음을 굳게 먹고 중심을 조금 아래로 둔 다음 상반신을 앞으로 던졌다. 그다음은 박순신의 가슴으로 힘차게 뛰어들면 그만이었지만 발이 움직여 주지 않았다.

"왜 그래? 뭣 땜에 공을 피하는 훈련을 한 거야?"

잘 안다. 그렇지만 박순신의 압도적인 기세에 눌려 내 발은 잔디에 못이 박히고 말았다. 주먹이 축구공처럼 크게 보여 도저히 피할 방법이 없을 것 같았다.

박순신이 파이팅 포즈를 풀고 외쳤다.

"왜 아직 일어나지도 않은 일 때문에 벌벌 떨어! 두려움은 기쁨이나 슬픔과 똑같아서 그냥 감각일 뿐이야! 나약한 감각에 사로잡히지 마!"

박순신은 나를 깔보는 듯한 시선을 던지며 말을 이어 갔다.

"두려움의 저편에 있는 것을 보고 싶지도 않아!"

멋진 말이다.

나의 심리적 변화를 알아차린 박순신이 다시 정통파 스타일로 폼을 잡았다.

"힘껏 땅을 박차고 달려들어 봐. 그러려고 계단을 오르고 발가락 힘을 기른 거잖아."

나는 굳게 마음을 먹고 심호흡을 한 다음, 있는 힘을 다해 지면을 박찼다.

눈앞에서 하얀 불꽃이 흩어지고 언뜻 정신을 차려 보니 잔디밭에 무릎을 꿇은 자세였다. 코 안쪽에서 녹슨 쇠 냄새가 났다. 박순신이 무덤덤한 표정으로 나를 내려다보면서 물었다.

"두려움 저편에 무엇이 보였어?"

"……아픔."

박순신은 빙긋 웃었다.

"그 건너편에 또 다른 것이 있거든. 자, 일어나."

내가 일어설까 말까 망설이는데 박순신은 갑자기 생각났다는 듯이 말했다.

"어제 이시하라 놈이 이겼대. 삼연승을 한 거야."

박순신은 뭘 찾는 사람처럼 내 얼굴을 물끄러미 바라보았다. 나는 박순신의 시선을 맞받으면서 천천히 일어섰다. 박순신이 다시 빙긋 웃더니 파이팅 포즈를 취했다.

"지금처럼 그냥 달려들어서는 안 돼. 펀치를 피하면서 가슴을 파고들어야지."

나는 고개를 끄덕였다.

"들어와."

박순신은 왼주먹을 휙휙 움직이면서 말했다.

"내가 공포의 저편으로 데리고 가 줄게."

나는 뛰어들었다. 왼주먹이 다가온다. 눈을 감고 말았다. 어둠 속에서 다시 하얀 불꽃이 터졌다. 무릎에서 한꺼번에 힘이 빠져 그냥 주저앉고 말았다. 눈을 떴다. 박순신은 파이팅 포즈를 아직 풀지도 않은 채 기다린다. 일어섰다. 그리고 나는 다시 공포의 소용돌이 속으로 뛰어들었다.

8월 15일

열 바퀴째.

마지막 50미터에 들어섰다.

허벅지를 높이 들어올리고 스피드를 올렸다. 바람이 눈알을 파고들어 표면을 말리면 시야가 맑아져 이 세계의 윤곽이 아주 선명해진다.

아직 더 뛸 수 있다. 팔을 크게 흔들었다. 스피드를 올린다. 주변 경치가 눈 깜짝할 사이에 멀어져 간다.

아직 더 뛸 수 있다. 더 높이 들어올리고 무릎을 힘차게 뒤로 제쳤다가 앞으로 내민다. 청각이 얼음처럼 맑아지고 작은 벌레의 날갯짓 소리가 얼굴에 부딪치면서 탁, 소리가 크게 들린다.

이런 스피드로 달리다가 넘어지면 어떻게 될까?

두렵다.

그러나 공포와는 어울리지 않게 내 발은 더 힘차게 앞으로 앞으로 나아간다. 좋아. 스피드를 더 올리자. 지금의 나는 한 달 동안의 정비를 거친 고물 승용차가 아닌가. 발에는 스타틀리스 타이어를 신었다.

기어를 2단에서 1단으로 바꾸었다. 발바닥에서 느끼는 아스 팔트의 강도가 사라지고 지금이라도 붕 떠오를 것만 같다. 날 아오르려면 뭐가 더 있어야 할까? 접은 두 팔을 펼치고 날갯짓 만 하면 되지 않을까?

순간 무릎이 흔들렸다. 서둘러 스피드를 줄였지만 늦었다. 상반신이 하반신을 내팽개치고 앞으로 기울어진다. 나는 재빨 리 두 팔을 굽히고 방패처럼 얼굴 앞에 세운 다음, 머리가 부딪 치지 않게 겨우 몸을 왼쪽으로 기울여 왼쪽 어깨로 바닥을 치 고 땅바닥에서 굴렀다.

옆으로 두 번 돌고 멈추었다. 잠시 드러누운 채 하늘을 똑바 로 올려다보았다. 얼굴을 옆으로 돌렸다. 2미터 정도 앞에 골라 인이 보였다. 어깨가 욱신거린다. 윗몸을 천천히 일으켜 심호 흡을 하고 일어섰다.

터벅터벅 은행나무 아래로 돌아가니 박순신이 책에서 눈을 들어올려 나를 바라보았다. 내가 바닥에 앉아 복근운동을 시작하려 했을 때, 구급 약상자가 내 앞으로 날아왔다. 상자 안에서 밴드에이드를 꺼내 왼쪽 어깨 상처에 붙이는데 박순신이 말했다.

"누구든 한 번은 겪는 일이야."

나는 동작을 멈추고 박순신을 바라보았다. 박순신은 말을 이었다.

"자신의 힘을 과신하면 넘어지는 법이야. 그 앞에는 두 가지 패턴밖에 없어. 무서워서 어떤 선을 그어 두고 그 안에 머물든지, 포기하지 않고 한계 이상을 추구하든지."

박순신은 다시 책으로 시선을 떨어뜨렸다.

나는 밴드에이드를 붙인 다음 복근운동을 시작했다. 평소보다 10회 올려 40회. 다음으로 앉았다 일어서기 20회, 올려 50회를 목표로 시작했다. 40회 언저리에서 너무 힘을 주다 바닥에 주저앉고 말았다. 박순신이 말했다.

"몇 번이라도 넘어져서 중력을 철저히 안 다음 천천히 길들이면 돼. 그러면 하늘이라도 날 수 있어."

괴롭다.

건장한 팔이 뒤에서 내 목을 감고 경동맥과 기도를 압박한다.

관자놀이 부근이 경련을 일으킨다. 귀 안쪽에서 치렁치렁하는 소리가 희미하게 들린다. 안압이 급상승하고 눈알이 눈구멍 바깥으로 튀어나올 것 같다. 그 무엇보다도 죽음의 공포가 등 뒤에 달라붙어 나의 몸을 부르르 떨게 한다.

시야가 흐려져서 황망히 그 팔을 손으로 쳤다. 목에서 팔이 풀렸다. 나는 잔디 위에 꿇어앉아 바삐 숨을 들이쉬었다. 그러다 입안에 고인 침이 기관으로 들어가는 바람에 격하게 기침을 했다.

기침이 잦아들 즈음 어느새 앞으로 돌아온 건장한 팔의 주인공이 나를 향해 말했다.

"방금 맛본 것이 유도의 조르기 기술이야. 지금처럼 경동맥을 계속 압박하면 대체로 7초 만에 정신을 잃어버려. 왜 정신을 잃는지 알아?"

나는 고개를 가로저었다.

"경동맥은 뇌에 피와 산소를 나르는 길이야. 즉, 산소결핍 상태에 빠져 정신을 잃는 거지. 알겠어?"

나는 고개를 끄덕이고 물었다.

"7초 이상 조르면 어떻게 돼?"

박순신은 아무 말 없이 덤덤한 표정으로 나를 보았다. 내가 그 무언의 표정에 당황하는 기색을 보이자 박순신은 말했다.

"아저씨는 뭣 때문에 싸워?"

"딸을 위해서."

"그것 말고는?"

"……정의를 위해서."

박순신은 아직도 무릎을 꿇은 채로 있는 나를 내려다보며, 대단하시네, 하고 코웃음쳤다.

"한 가지만 물어볼게. 아저씨는 이시하라에게 폭력을 휘두르려고 해. 폭력에는 정의도 없고 악도 없는 거야. 폭력은 그냥 폭력일 뿐이야. 그리고 사람에게 휘두르는 폭력은 반드시 자신에게로 돌아오게 되어 있어."

박순신은 왼팔을 살짝 들어올리고 붕대를 나에게 보여주려 했다.

"되돌아온 폭력을 다시 되돌려 주려고 폭력을 휘둘렀어. 그런 반복이야. 그러므로 폭력의 사슬에 휘말려 들고 싶지 않다면 가능한 한 상대에게 상처를 주지 않고 이긴 다음 폭력세계에서 산뜻하게 도망쳐 나오는 거야. 그리고……."

박순신은 왼팔을 내리고 아득한 눈길로 나를 바라보며 말했다.

"소중한 것을 지키고 싶은 거지? 아저씨."

"에?"

"자, 일어나. 지금부터 기술의 핵심을 가르쳐줄 테니까."

박순신은 그렇게 말하고 꿇어앉아 있는 나를 손짓으로 불렀다. 나는 뭔가 소중한 것을 흘려들은 것 같은 찜찜한 기분에 사로잡힌 채 천천히 일어섰다.

98, 99, 100, 101……

102

마침내 꼭대기에 이르렀다. 나는 마지막 계단에 걸터앉아 승리의 포즈를 취했다. 하늘을 올려다보며 크게 숨을 들이쉬고 뱉어냈다. 얼굴을 아래로 내리자 늘 꼭대기에서 책을 읽으며 나를 기다리던 박순신이 내 쪽으로 문고본을 내밀었다. 나는 문고본을 받아들고 첫 페이지를 펼쳤다. 아가사 크리스티의 〈오리엔트특급살인〉이었다.

"올여름에는 크리스티의 작품을 모두 독파할 생각이야."

박순신은 겸연쩍은 미소를 머금으며 말했다.

나는 〈오리엔트특급살인〉의 페이지를 획획 넘기면서 말했다.

"크리스티, 옛날에 많이 읽었지."

"범인은 말하지 마."

박순신은 서둘러 말했다.

"이제 가장 재미있는 부분으로 들어가려는 참이니까."

"힌트도 안 돼?"

박순신은 말없이 저 멀리 아래쪽으로 시선을 떨어뜨렸다. 나는 박순신이 입을 열기 전에, 말하지 않을게, 말하지 않을게, 하고 손사래를 쳤다.

그런 다음 잠시 꼭대기에 걸터앉은 채 크리스티 작품에 관해서 이런저런 이야기를 나누고 편백나무 아래로 이동하여 밧줄 오르기를 시작했다.

이제 삼분의 이까지 오를 수 있다.

앞으로 조금만 오르면 된다.

힘이 다하여 여느 때처럼 땅바닥에 큰대자로 누워 있자니 이번에도 여느 때처럼 구경하던 노인들이 우롱차, 쌀과자, 김밥, 사과, 배, 5엔짜리 동전 따위를 놓아 두었다. 늘 5엔짜리 동전을 놓고 손을 모으는 할머니가 손을 모으기 직전에 내 얼굴을 빤히 쳐다보았다. 펀치를 피하는 특훈을 받느라 생긴 오른쪽 눈언저리 멍이 마음에 걸린 것 같았다. 할머니는 손을 모으는 것도 잊은 채 위를 향해 화난 목소리로, 너무 심하게 하지 마! 하고 외쳤다. 여느 때처럼 나무에 걸터앉아 먼 곳을 바라보던 박순신은 할머니 목소리에 놀라, 미안한 듯 몸을 웅크리고 에, 하며 꾸벅 머리를 조아렸다.

버스와는 다섯 번째 정류장 바로 앞까지 앞서거니 뒤서거니 경쟁을 하기에 이르렀다. 버스 꽁무니를 놓치지 않고 마지막까지 달린다. 이제 한 정거장 남았다.

버스와 경쟁을 벌이고 문 앞에 도착했지만 집 안에 들어가기가 망설여졌다.

요즘 아침까지는 파랗게 물들어 있던 오른쪽 눈언저리 멍이 새카맣게 변했기 때문이다. 욕실 거울에 비친 얼굴은 마치 복싱 영화에서 패자 역할을 하는 배우의 얼굴 같았다. 오늘도 박순신의 주먹을 제대로 피하지 못한 탓이지, 문제는 유코에게 무슨 말을 할 것인가이다. 아침 식사 때 지나가는 사람하고 부딪쳤다고 얼버무렸지만 이틀이나 연속으로 사람과 부딪쳤다는 건 말이 안 된다.

결국 적당한 변명거리도 생각해 내지 못한 채 문 앞을 벗어나 가까운 약국으로 가서 안대를 하나 샀다. 약국 입구에서 안대를 하고 유리창에 비춰 보았다. 적당히 속일 수 있을 것 같기도 했다.

집으로 돌아와, 다녀왔어요, 하고 식당 문을 여는 순간, 식탁에 저녁을 차리는 유코와 눈이 마주치고 말았다. 나는 당황하면서 에이 참, 다래끼가 생겨서 말이야, 하고 변명하자 유코는 가벼운 어투로, 그랬어요? 정말 힘들겠네요, 하고 식탁 곁에서 벗어났다. 요즘 들어 늘 이런 태도이다. 하루라도 빨리 사내다운 구석을 보이지 못하면 외로운 노후를 보내야 할지도 모른다. 9월 1일이 기다려졌다.

8월 23일

"마지막이야."

박순신이 파이팅 포즈를 취했다. 두 주먹 사이로 날카로운 안광이 레이저 광선처럼 나를 향해 쏟아져 나왔다. 나와 박순신 사이의 2미터 정도 공간에는 살기가 떠돌았다.

나는 숨을 내쉬며 몸에서 힘을 뺐다. 시선을 조금 아래로 떨어뜨리고 앞으로 나온 박순신의 왼발을 목표로 삼았다.

박순신이 말했다.

"주먹을 날릴 때는 앞발에 체중을 실어. 그러면 지면에서 발이 떨어지지 않아. 묘비처럼 바닥에 박히는 거야. 아저씨는 이시하라의 묘비를 향해 뛰어들면 돼."

그리고 그다음 말도 있었다.

"하기야 그게 아저씨의 묘비가 될 가능성도 있지만."

다시 한 번 숨을 내쉬었다.

홋.

지면을 박찬다.

내가 움직인 순간 박순신의 왼손 주먹이 약간 움직였다. 나의 반사신경이 인식할 수 있는 범위는 거기까지이다. 그 조그만 움직임을 타이밍으로 삼아 상반신을 재빨리 굽혀 두 팔을 벌리면서 박순신의 왼발을 목표로 뛰어들자 왼손 주먹이 부웅, 소리를 내며 머리 위를 지나갔다. 그리고 다음 순간 나는 박순신의 왼발 허벅지를 두 팔로 끌어안았다.

박순신은 넘어지지 않으려고 오른발을 크게 뒤로 빼내고 내 등을 가볍게 탁, 쳤다. 나는 박순신의 왼쪽 다리에서 떨어져 나와 잔디밭에 퍼질러 앉았다. 거친 숨을 몰아쉬며 박순신의 얼굴을 올려다보았다. 박순신은 웃었다.

"바로 그 타이밍이야."

나는 가볍게 주먹을 들어 보였다. 최초의 성공이었다. 지금까지 몇 발의 펀치를 맞았는지 모른다.

박순신이 얼굴에서 웃음을 거두었다.

"문제는 그다음이야. 아저씨는 이제 이시하라 세계의 입구에 도착했을 뿐이라는 걸 알아 둬."

사탕과 채찍.

나는 채찍을 맞고 고개를 끄덕였다.

"내일부터 이시하라의 세계를 뒤흔들어 놓을 방법을 가르쳐 주지."

박순신은 그렇게 말하고 조용히 자세를 고쳤다. 나는 벌떡 일어나 박순신을 마주 보고 섰다.

"상대를 때려 부숴! 번갯불을 맞고 천둥을 손으로 찌부러뜨리는, 모든 사람이 두려워하는 위험한 남자가 되는 거야!"

박순신은 그렇게 말하고 나를 뚫어져라 바라보았다. 나는 그 순간 생각했다.

"로키?"

박순신은 빙긋 웃었다.

"정답."

이틀 전에 보았다. 어제는 〈매트릭스〉에서 인용한 '마음을 풀어 헤쳐. 입구까지는 안내해주겠지만 거기서부터는 스스로 뚫고 나가야 해.' 라는 말의 의미를 몰라 박순신의 기분을 상하게 했던 것이다.

나와 박순신은 브루스 리처럼 인사를 나눈 다음 잔디밭을 벗어났다.

바로 눈앞에 목표가 보인다.

그러나 악력이 한계를 넘어 손가락이 바르르 떨린다. 상박 삼두근은 풍선처럼 부풀어올라 건드리기만 해도 터져 버릴 것 같다.

오늘도 안 되는 건가.

바로 그때 위에서 목소리가 내려왔다.

"힘은 머리에서 태어나 자란다는 걸 알아야지. 머리로 안 된다고 생각하는 순간, 힘은 죽어 버려."

좋아.

눈을 감고 기도하듯 생각했다.

오늘은 반드시 오를 수 있다.

눈을 부릅뜨고 오른손을 밧줄에서 떼고 위로 뻗어 올려 다시 잡았다. 힘껏 숨을 들이쉰 다음 복근에다 힘을 넣었다. 힘이 상반신에 모이기를 기다렸다가 숨을 멈춘 다음 두 팔에 힘을 모아 오른팔을 받침대로 삼아 상반신을 끌어올렸다.

눈앞에 굵은 가지가 나타났다. 서둘러 왼손을 가지 쪽으로 뻗었다. 가지가 너무 굵어 잘 잡히지 않았다. 그러나 있는 힘을 다해 왼손으로 더듬어 보니 이 세상에서 가장 듬직한 물체가 손에 닿았다. 나는 그것을 꽉 거머쥐고 숨을 몰아쉰 다음 오른손을 가지 쪽으로 뻗었다. 그리고 조금 남아 있던 두 팔의 힘을 짜내 몸을 끌어올렸다. 상반신이 가지 위로 올라갔다. 가지 위에 기둥이 몸을 끌어올리고는 발을 말 타는 자세로 하여 그 위에 걸터앉았다.

"이제 놔."

옆에 앉아 있는 박순신이 하나로 연결된 자신의 손과 나의 손을 기분 나쁜 표정으로 바라보며 그렇게 말했다. 나는 박순신을 향하여 겸연쩍은 미소를 보냈다.

"바보같이 웃지만 말고 빨리 놓으라니까! 징그러워!"

내가 손을 놓자 박순신은 아래쪽으로 시선을 돌리고 나를 재촉하듯 가볍게 턱을 끄덕였다. 나는 지면을 내려다보며 노인들을 향하여 손을 흔들었다. 박수가 터져 나왔다. 이 얼마나 기분 좋은 소리인가. 손을 모아 합장하는 사람이 평소보다 늘어났다. 며칠 전부터 구경꾼 속에 섞여 있던 신사의 신관이 활짝 웃으면서 대나무 빗자루 끝을 들어올리고는 깃발처럼 흔들었다.

박수가 그치고 노인들은 제가끔 길을 따라 돌아갔다. 신관은 떨어지지 않도록 조심하라는 말을 남기고 신사 쪽으로 걸어갔다. 나는 노인들의 등이 보이지 않을 때까지 지켜보고 있다가 두 발을 앞으로 모으고 박순신이 늘 바라보는 방향으로 몸을 틀었다.

눈앞에 노을 지는 거리의 모습이 펼쳐졌다. 단독주택의 획

일적인 지붕들. 키 낮은 개성 없는 빌딩들. 우리의 훈련장인 공원의 녹지. 공장 굴뚝에서 피어오르는 회색 연기. 커튼레일의 골처럼 똑같은 몇 갈래 길. 오른쪽으로 내려다보니 나를 괴롭히던 기다란 돌계단이 마치 장난감 세트처럼 보였다.

그건 어디를 보나 박순신의 마음을 끌 듯한 그런 풍경이 아니었다. 그러나 나에게는 보이지 않을지도 모를 뭔가가 있을 것이라 생각하여 애써 사방을 둘러보자니 곁에서 독백하는 소리가 들렸다.

"우리 삼촌은 베트남 전쟁에 참전했었어."

나는 박순신의 옆얼굴을 바라보았다. 박순신은 내 눈을 바라보며 말했다.

"한국군은 미국을 도우려고 베트남에 출병했거든. 몰랐지?"

나는 솔직히 고개를 끄덕였다. 하긴 몰라도 되는 일이지만 말이야, 하고 박순신은 먼 곳을 바라보며 말했다.

"삼촌은 내가 어릴 적에 돈을 벌려고 일본에 밀입국했더랬어. 나는 아버지 심부름으로 자주 삼촌이 사는 단칸방에 생활비하고 음식을 가져다주었는데 삼촌의 표정이 밝았던 적은 한 번도 없었어……"

박순신은 거기까지 말하고 씁쓸하게 웃었다.

"욕탕도 없는 그런 더럽고 좁은 방에 살면 표정이 어두워지는 것도 당연하겠지만."

갑자기 어린이의 귀가시간을 알리는 구청 스피커의 기계음 같은 방송과 함께 〈저녁노을〉이라는 노래의 멜로디가 맞바람을 타고 내 귀에 닿았다. 나와 박순신은 얼굴을 마주하고 웃었다. 방송이 끝나자 박순신은 다시 먼 곳으로 눈길을 던지고 이야기를 이어갔다.

"삼촌이 베트남 이야기를 해준 것은 내가 중학교 때였어. 삼촌은 특수부대원이라서 격전지구에 투입되었대. 삼촌은 지옥을 보았다고 했어. 매일 동료가 하나둘 처참하게 죽어 가는 모습을 보았다는 거야. 한결같이 마음씨 착하고 정직한 사람만 가려서 매일 죽어 갔다고."

박순신은 두 눈에 슬픈 빛을 담은 채 나를 바라보면서 말을 이었다.

"삼촌은 말했어. 이 세상은 미쳤다고. 세상은 모두 그 전장과 같다고. 그러니까 내가 살아남는 방법을 가르쳐주겠노라고 했어. 넌 이 나라에서 적에게 둘러싸여 살아가지 않으면 안 된다고 하면서."

분명 이 세상의 것이 아닌 정적이 우리 주위를 감쌌다. 나는 물었다.

"삼촌은 뭘 하고 계셔?"

8월 23일

"사라졌어."

박순신은 여전히 먼 곳을 바라보며 말했다.

"벌써 1년은 되었을 거야. 구청에서 삼촌 방을 급습했는데 삼촌은 이미 달아나고 없었어. 다시는 잡히지 않을 거라고 삼촌은 말했었어. 그 후로는 소식이 없어."

다시 짧은 침묵이 흐르고 강한 맞바람을 타고 멀리서 클랙슨 소리가 들려왔다. 박순신은 살짝 고개를 들어올리고 빨갛게 물들기 시작한 하늘을 응시하며 말했다.

"삼촌은 늘 이런 말을 했었어. 날개만 있다면 어디로든 날아갈 수 있을 텐데, 라고. 하늘 높은 곳에서 평화로운 세계를 바라보며 살고 싶다고."

박순신은 내 눈을 똑바로 바라보고 겸연쩍은 미소를 머금으며 말했다.

"삼촌은 아마도 날개를 달고 어디 다른 곳으로 날아갔을지도 몰라. 지금쯤 구름 뒤에서 우리를 내려다볼지도……."

박순신이 거기까지 말했을 때 멀리서, 으앗! 하는 비명이 들려왔다. 우리는 반사적으로 그 소리가 들려오는 오른쪽으로 시선을 옮겼다.

20번째 돌계단쯤에서 미나가타의 모습이 보였다. 미나가타는 아래쪽을 바라보며 서 있다. 나와 박순신은 미나가타의 시선을 따라갔다. 맨 아래 지면에 야마시타가 마치 시체처럼 널브러져 있었다.

"또야."

박순신이 한숨을 내쉬며 중얼거렸다. 아무래도 계단에서 굴러떨어진 것 같았다.

미나가타는 멀리서 보기에도 혀를 끌끌 차는 듯한 몸짓을 보이며 계단 아래로 걸어 내려가서 야마시타를 일으켜 세웠다. 두 사람은 지면에 흩어져 있는 아이스크림으로 보이는 물건들을 주워서 봉지 안에 담더니 다시 계단을 오르기 시작했다. 아마도 먹을 걸 산 모양이다. 두 사람이 돌계단 중간쯤에 이르렀을 때 나는 어이! 하고 불렀다. 약간 시간차를 두고 두 사람이 내 목소리를 듣고는 이쪽을 올려다보았다. 내가 손을 흔들자 두 사람도 손을 흔들었다. 그리고 미나가타가 갑자기 야마시타의 귀에 입을 대고 뭔가를 속삭였다. 숨길 것도 없을 텐데 왜 저래, 라는 박순신의 냉랭한 목소리에 나도 맞는 말이라며 맞장구를 쳤다.

은밀한 이야기를 끝낸 두 사람은 돌계단 한복판의 층계참으로 이동하여 우리 쪽을 보며 새삼 꾸벅 인사를 하더니 보기에 따라서는 춤추는 듯한 묘한 몸짓을 보이기 시작했다. 서로를 향해 손을 뻗기도 하고 갑자기 한 발을 옆으로 주욱 뻗기도 하는 등 도무지 해독이 불가능한 몸짓을 보였는데, 그 둘의 움직임은 어떤 리듬이랄까, 정해진 스토리 같은 것이 있는 듯 아주 경쾌했다.

"대체 뭘 하는 거야?"

내가 웃으면서 말하자 박순신이 툭, 말을 던졌다.

"자식들, 되게 머리 나빠 보이네."

"하긴 그래."

나는 다시 맞장구를 쳤다.

나와 박순신은 얼굴을 마주하고 웃고는 다시 미나가타와 야마시타를 내려다보았다. 두 사람은 여전히 의미를 알 수 없는 동작으로 우리를 위해 열심히 연기했다. 나는 두 사람의 모습을 바라보며 중얼거렸다.

"적만 있는 게 아냐."

잠시 침묵이 흐르고 박순신의 목소리가 들렸다.

"아아."

5분 정도의 쇼가 끝나자 두 사람은 우리 쪽을 향해 꾸벅 머리를 조아렸다. 나와 박순신은 큰 박수를 보냈다. 우리의 박수 소리는 사방으로 메아리쳤다. 두 사람은 두 손을 들고 우리의 갈채에 응답한 다음 계단을 오르기 시작했다.

우리는 나무 아래로 내려와 두 배우를 맞이했다.

"감상이 어때? 〈웨스트사이드 스토리〉."

여기저기 긁힌 자국투성이 얼굴에 웃음을 가득 담고 그렇게 묻는 야마시타에게 나는 약간 뜸을 들인 다음, 너무 멋진 연기였다고 칭찬했다. 곁에 있던 박순신이 키득거리며 웃었다.

8월 24일

여느 날과 다름없는 하루였다.

평소처럼 달리고 볼과 펀치를 피하는 연습을 하고 발끝으로 돌계단을 오르고 밧줄을 타고 올랐다.

비일상적이었던 그 행위가 어느새 일상이 되었고 나는 그 가운데 안주해 나갔다.

그렇다. 아무런 변화도 없는 그런 날이었다.

시부야의 복잡한 인파 속에서 이시하라의 모습을 발견하기까지는.

박순신과 훈련을 마치고 평소처럼 시간을 죽이려고 밤의 시부야 거리를 헤매다가 책방에나 들르자고 발걸음을 떼는 순간

이었다. 내 눈은 그것이 당연하다는 듯 앞쪽에서 다가오는 사람들 속으로 빨려 들어갔다. 이시하라는 또래 둘을 거느리고 내 쪽으로 다가왔다.

사람의 파도 속에서 이시하라의 모습을 발견했을 때는 벌써 나와 몇 미터 정도밖에 떨어져 있지 않았다. 순간, 나는 어쩔 줄을 몰라 발걸음을 멈추고 도로 한복판에 멍하니 서고 말았다.

사람들이 이상하다는 눈길을 던지면서 내 곁을 스쳐갔다. 이시하라가 다가온다. 착 달라붙은 노란색 티셔츠의 가슴 언저리가 단련된 근육 때문에 위협적으로 보이리만치 도드라졌다. 선명한 노란색이 눈을 찌른다.

이런 상황을 언젠가 상상해 본 적이 있었다. 하루카가 이시하라에게 당한 곳이 바로 여기 시부야이다. 그러나 그것은 결코 일어나서는 안 될 일이었다. 그런 말도 안 되는 드라마 같은 우연이 사실로 일어나리라고 누가 상상이나 할 수 있을까?

공포에 질린 나는 참으로 어리석고 서글프게도 좌우를 두리번거리며 박순신의 모습을 찾았다. 있을 리 없다. 나는 지금 드라마 속에 있는 것이 아니라 현실에 있다. 히어로는 나타나지 않는다. 얼굴을 돌리자 이시하라가 바로 눈앞에 다가와 있었다.

이시하라와 눈이 마주쳤다. 그 순간, 온몸의 땀구멍에서 땀이 솟구치고 목덜미에 차가운 숨결이 닿기라도 한 듯 어깨가 떨렸다. 싸운다는 것은 꿈에도 생각할 수 없는 일이었다. 만일 이시하라가 나를 발견하고 달려든다면 나는 두들겨 맞고 길바닥에 널브러질 것이다. 그렇다. 만일 나를 발견한다면.

이시하라는 중고 레코드 음반에 난 작은 흠집이라도 살펴보는 듯한 눈길로 나를 빤히 바라보다가 아무 일도 없었다는 듯 눈길을 돌리고 내 곁을 지나쳤다. 이시하라 뒤에서 따라오던 두 사람이 비켜! 하고 혀를 차면서 나의 양쪽을 스쳐 지나갔다.

옅은 숨결이 입에서 새어 나왔다. 아무 일도 일어나지 않았다는 안도감이 온몸을 포근히 감쌌다. 그다음, 낮은 웃음소리가 입에서 새어 나왔다. 무슨 일이 일어날 리 없었던 것이다. 이시하라의 기억 속에 나라는 존재는 없다. 적으로 인지하지 않은 것은 물론이고 존재조차 기억에서 지워 버린 것이다. 멍하니 선 채 웃는 나를 지나가는 사람들이 미친놈 보는 듯한 눈길을 던지고 노골적인 혐오의 느낌을 발산하면서 몸을 피해 갔다. 분명히 그 후의 내 행동은 미친놈의 그것과 하등 다를 바 없었다.

나는 웃음기를 거두고 급히 몸을 돌려 이시하라를 따라갔다. 잦은걸음으로 사람들 사이를 헤치며 나아가니 곧 이시하라의 노란 등이 나타났다. 나는 적당한 거리를 두고 뒤를 따랐다.

이시하라의 열린 뒤통수가 바로 눈앞에서 움직인다. 나는 그것을 응시하며 이런 생각을 했다.

예를 들어 어디서나 쉽게 손에 넣을 수 있는 딱딱한 물건을 손에 들고 – 자판기에서 파는 캔 커피라도 좋다 – 이시하라의 뒤통수에다 있는 힘을 다해 내리꽂으면 어떻게 될까?

또는 통근가방 안에 들어 있을 볼펜을 들고 등 뒤로 다가가 이시하라의 뒷목에다 내리꽂으면 어떻게 될까?

이시하라가 횡단보도의 빨간 신호를 보고 멈추어 섰다. 자동차가 쉼 없이 이시하라의 눈앞을 지나간다. 그리고 나도 이시하라와 몇 미터 거리를 둔 채 걸음을 멈추고 이런 생각을 해보았다.

예를 들어 지금 이시하라에게 접근하여 있는 힘을 다해 등을 밀어 버리면 어떻게 될까? 차에 치여 즉사할까? 아니면 중상을 입고 다시는 복싱을 할 수 없는 몸이 되어 버릴까? 하루카가 입은 상처, 그리고 내가 당한 굴욕에 상응하는 이시하라에 대한 복수는 뭔가? 제발 누가 좀 가르쳐줘…….

발을 움직여 이시하라 쪽으로 다가갔다. 넓은 등이 손을 뻗으면 닿을 거리에 있다. 어느새 숨이 거칠어졌다. 이시하라에게 들키지 않게 입을 다물고 코로 숨을 쉬었다. 빨리 하지 않으면 파란 신호등으로 바뀌고 만다. 자, 움직여.

8월 24일

파란 불이 켜졌다. 신호를 기다리던 사람들이 한꺼번에 걷기 시작한다. 나는 결국 그 자리에서 움직이지 못하고 사람들 등만 바라보는 꼴이었다. 이시하라의 등이 점점 멀어져 간다. 나를 뒤로하고 지나쳐 가는 사람들이 흐름을 방해하는 걸림돌로 선 나를 마구 밀치며 지나간다. 나는 사람들의 사소한 악의를 무시하고 아까처럼 낮은 소리로 웃었다. 사실은 울고 싶었지만 눈곱만큼 남은 자존심이 그것을 허락하지 않았다.

이시하라의 노란 등이 거리 저편으로 사라지고 다시 횡단보도 신호가 빨강으로 변했다. 나는 웃음을 거두고 크게 심호흡을 한 다음 발길을 돌려 걷기 시작했다.

그 후 얼마 동안 나는 하루카가 병원으로 실려 간 날 밤보다 더 깊고 무거운 분노와 패배감에 사로잡힌 채 시부야 거리를 하염없이 걸었다. 머릿속에서 트레이닝 첫날 박순신이 했던 말을 되새겼다.

'자신의 인생에서 이런 일이 일어날 줄은 몰랐겠지. 애석하게도 말이야. 고작 자신의 반경 1미터 정도만 생각하고 태평하게 살다가 죽으면 행복할 텐데 말이야.'

나를 용서할 수 없었다. 그것이 우연이건 필연이건 이시하라와 만날 일은 없을 것이라고 체념했던 나를 용서할 수 없었다. 이시하라에게 겁을 집어먹고 발걸음을 멈추고 만 나를 용서할 수 없었다. 설령 이시하라가 달려들었다 하자. 그런데 왜 나는 몸을 움직여 보려고도 하지 않는단 말인가. 캔 커피에 볼펜에 자동차. 한 달 전의 칼과 다를 게 뭐 있는가? 지금까지 뭘 위해 훈련을 해 왔던가? 요 한 달 반은 무엇인가?

결국 나는 아무런 준비도 안 되어 있었던 것이다.

그런 결론을 이끌어 냈을 때, 나는 발걸음을 멈추었다. 사방을 둘러보았다. 나는 어느새 처음 보는 골목으로 접어들어 있었다. 많은 사람들이 제각기 목적지를 향하여 내 곁을 바쁜 걸음으로 지나갔다.

나는 다시 목적지를 잃어버렸다.

박순신을 만나고 싶었다.

8월 25일

"무슨 일이라도 있었어?"

공 피하는 연습이 끝나고 사방에 흩어진 공을 모으는데 박순신이 물었다.

나는 구부린 허리를 펴면서 박순신 쪽을 돌아보았다. 박순신은 손바닥에 올린 공을 요리조리 굴리면서 나를 바라보았다.

"왜? 내게 무슨 일이라도 있었던 것 같아?"

내가 물었다.

"원래가 멍하던 표정이 오늘따라 더 멍해 보이니까."

박순신은 그렇게 말하면서 웃었지만 난 도무지 웃을 기분이 아니었다. 박순신은 웃음기를 거두더니 입술 왼쪽 끝을 조금 치켜올리고 겸연쩍은 표정을 지었다. 허세라도 부리며 무슨 말이든 해야 했지만 내 입에서는 작은 한숨만 새어 나왔을 뿐이다.

"간다!"

갑자기 박순신이 손에 든 공을 슬로모션으로 나를 향해 던졌다. 나는 천천히, 그러나 정확하게 내 앞으로 날아오는 공을 잡았다. 손바닥에 약간의 통증을 느꼈지만 그건 너무도 기분 좋은 감각이었다. 박순신은 되던지라고 두 손을 탁, 쳤다. 나도 완만한 포물선을 그리며 천천히 공을 던졌다. 잠시 나와 박순신은 말없이 캐치볼을 이어 갔다.

20번쯤 왕복했을 때, 나는 박순신에게 물었다.

"반드시 이기려면 어떻게 하면 돼?"

"그렇게 이기고 싶으면 칼이라도 들고 뒤에서 덮치면 되잖아."

박순신은 공을 던지면서 그렇게 대답했다.

"......"

나는 공을 잡자마자 바로 던졌다.

"생각이나 힘이 너무 넘쳐나면 모든 것을 무로 돌려 버릴지도 몰라."

다시 박순신이 공을 던지면서 말했다. 나는 말없이 공을 받아 던졌다.

"이기기 위해서는 상상력을 발휘해야 해."

박순신이 공을 던지면서 말했다.

"상상력?"

나도 공을 던지면서 되물었다. 박순신은 공을 받고 난 다음 말했다.

"아저씨가 이시하라와 싸우는 건 단 한 번뿐이야. 그렇지만 머릿속에서는 몇 백 번을 싸울 수 있어. 걸어갈 때, 전차를 탈 때, 화장실에 들어갈 때, 머릿속으로 여러 가지 상황을 설정하면서 이시하라와 싸울 수 있는 거야. 싸우는 방법은 내가 가르쳐줬지?"

박순신이 공을 던졌다.

"그렇지만……."

나는 공을 다시 던졌다. 박순신이 공을 잡으면서 말했다.

"100번째가 될지 200번째가 될지 모르겠지만 아저씨는 이시하라에게 이길 거야. 그때의 영상과 감각을 잊지 말고 몇 번이나 머릿속으로 그려 봐. 그다음에는 대결을 벌일 때 그대로 자기 몸을 움직이기만 하면 돼."

박순신이 던진 공을 받았다. 되던지면서 내가 말했다.

"그렇게 간단히 될지 몰라."

박순신은 공을 잡은 다음 갑자기 왼쪽 10미터 정도 앞, 늘 등진 위치에 있는 체육관 벽을 향하여 힘껏 던졌다. 비스듬히 날아간 공은 벽에 부딪친 다음 날카롭게 반사하여 정확히 내 쪽으로 날아왔다. 나는 바로 앞에서 원 바운드한 공을 잡고 박순신을 바라보았다. 박순신은 표정 없는 얼굴로 나를 보며 말했다.

"자신의 상상력을 믿을 수 없다면 싸우지 않는 게 좋아. 아저씨는 죽을 때까지 누군가의 상상에 꼭두각시처럼 춤을 추며 살면 그만이야."

"……."

내가 공을 던지지 않고 멍하니 서 있자 박순신은 말을 이었다.

"자기 주변을 잘 둘러봐. 대부분 사람들은 타인의 상상에서 나온 것들에 둘러싸여 있어. 그렇지만 이시하라와의 대결은 다른 누구도 아닌 아저씨 머리에서 만들어진 오리지널이야. 그것을 손에 넣을 수 있다면, 이기고 지는 건 아무 문제가 아냐."

나는 오른쪽 체육관 벽을 향하여 힘껏 공을 던졌다. 적당한 각도가 만들어지도록 비스듬히 던졌지만 공은 거의 일직선으로 날아가 벽에 직각으로 부딪쳐 내 쪽으로 되돌아왔다. 데굴데굴 굴러오는 공을 잡고 박순신을 바라보며 말했다.

"……불안해서 견딜 수가 없어. 혼자서 싸운다는 게."

"어떤 사람이라도 싸울 때는 고독해. 그러므로 고독하다는 것마저도 상상해 보는 거야. 그리고 불안이나 고뇌가 없는 인간은 노력하지 않는 인간일 뿐이야. 정말 강해지고 싶으면 고독이나 불안, 고뇌를 물리치는 방법을 상상하고 배워 보는 거야. 자기 힘으로. '남의 힘으로 높은 곳에 올라서는 안 된다. 남의 등이나 머리에 올라타서는 안 된다.'"

"······누구?"

"니체."

"······."

박순신은 탁, 손뼉을 쳤다. 나는 가지고 있던 공을 천천히 던졌다. 박순신은 공을 받으며 말했다.

"오늘은 여기까지."

"왜?"

"대결은 앞으로 일주일 후. 몸은 충분히 움직였으니까 머리를 움직여 볼 때가 됐잖아? 그래서 오늘 오후는 자습시간."

박순신은 그렇게 말하고 공을 내게로 던진 다음, 브루스 리처럼 인사를 했다. 나는 공을 받고 답례했다.

박순신이 가버린 다음 한참이나 혼자서 벽에다 공을 뿌렸다. 그리고 눈을 감고 이시하라의 모습을 상상했다. 눈앞에 이시하라가 나타났다. 병원 복도에서 보았던 그 불손한 미소를 머금고 나를 바라본다. 갑자기 분노가 머리를 가득 채우면서 내 눈은 저절로 번쩍 열렸다. 벽 앞에 이시하라가 서 있다.

보인다.

공을 쥐고 이시하라의 눈을 겨냥하여 있는 힘을 다해 던졌다. 너무 힘이 들어가는 바람에 공은 이시하라를 벗어나 오른쪽으로 흘러서 벽에 부딪친 다음 넓은 각도를 그리며 오른쪽 관목 숲으로 사라졌다. 시선을 벽 앞으로 돌리자 이시하라의 모습은 사라지고 없었다. 박순신의 말이 되살아났다.

'생각이나 힘이 너무 넘치면 모든 것을 무로 돌려 버릴지도 몰라.'

공을 찾으려고 발걸음을 떼려다 그만두었다. 공은 필요 없다. 머릿속에서 그 공을 만들어 낼 수 있을 것이므로.

그 자리에 양반자세로 앉았다. 눈을 감았다. 다시 이시하라가 나타났다. 분노를 억누르기 위해 크게 심호흡을 한 다음 나는 이시하라와 마주섰다. 나는 싸우는 방법을 안다.

8월 30일

체중 63킬로.

체지방률 12퍼센트.

가슴 90센티, 허리 60센티, 엉덩이 89센티.

조깅코스 열 바퀴를 숨 하나 흐트러뜨리지 않고 달렸다.

복근운동 60회, 팔굽혀펴기 50회, 앉았다 일어서기 70회를 했다.

102단 계단을 발끝으로 올랐고, 10미터 밧줄을 타고 올랐다.

빠르게 날아오는 공을 열 번 연속으로 피했고, 박순신의 펀치를 겨우 피해 냈다.

게다가 싸우는 방법도 배웠다.

상상 속에서 이시하라와는 몇 백 번을 싸웠다.

버스와 거의 똑같은 속력으로 달렸다.

그래, 액션영화를 중심으로 43개의 비디오테이프를 마스터했다.

그 모든 것을 한 달 반의 특훈으로 달성했다.

그리고 지금, 나와 박순신은 잔디 위에서 마주 보고 서서 특훈 기간 중의 마지막 인사를 나누었다. 물론, 브루스 리 식으로. 머리를 들어올린 다음 우리는 펀치를 주고받고 손바닥을 마주 쳤다.

"어쩐지 불안해."

잔디에서 벗어나며 내가 말했다.

"내일도 몸을 움직이고 싶은 기분이야."

박순신은 타이르듯 말했다.

"쉬는 것도 트레이닝의 한 과정이야. 그리고 오른쪽 무릎 아프지?"

"어떻게 알았어?"

나는 놀라서 되물었다.

"걷는 폼이 이상해서."

딱히 내가 다리를 질질 끌지도 않았는데…….

"별것도 아냐."

"알아. 쉬어서 손해 볼 건 없잖아."

나는 고개를 끄덕였다.

은행나무가 보였다. 뿌리께에 앉아 있던 미나가타와 야마시타가 우리 쪽을 바라본다.

우리가 나무 아래 도착하자 미나가타는 얌전하게 정좌를 하고 머리를 가볍게 숙이며 말했다.

"수고 많으셨습니다."

"고마워."

"오늘 다른 예정이 있어요?"

미나가타가 묻는다.

"아무것도 없는데."

미나가타가 다행이라는 듯 웃으며 말했다.

"오랫동안 수고하신 걸 위로하는 뜻에서 사소한 선물을 마련했습니다."

서둘러 목욕탕에서 땀을 씻어내고 다 같이 이케부쿠로로 나가서 야마노테 선을 타고 다카다노바바 역으로 갔다.

목적지로 가는 동안 몇 번이나 무슨 선물이냐고 물었지만 미나가타는 모호하게 웃을 뿐 대답하지 않았다.

오후 여섯 시 조금 전에 우리는 다카다노바바 역에 도착했다.

역에서 15분 정도 걸어간 곳에 있는 '무드 인디고'라는 재즈 찻집으로 들어갔다. 문을 열었지만 너무 어두워서 손님들 얼굴도 보이지 않고 스피커에서는 엘라 피츠제럴드가 부르는 〈아엠 올드 패션드〉가 흘러나왔다.

카운터에 앉아 담배를 피우던 주인이 우리 모습을 보고 가볍게 손을 들어 인사를 했다. 미나가타 일행도 그것이 너무도 당연하다는 듯 손을 들어 인사를 한 다음 맨 구석 4인용 테이블에 앉았다. 나는 맨 나중에 박순신 곁에 앉았다.

주인이 물을 가지고 왔다.

"사라 본."

미나가타가 그렇게 말하자 초로의 주인은 기울어진 어깨를 축 늘어뜨렸다. 주인이 은근히 뭔가를 기대하는 듯한 눈길로 나를 바라보았다.

"엘라 피츠제럴드."

주인의 눈이 반짝였다. 주문을 끝내자마자 〈아엠 올드 패션드〉가 끝났다. 주인은 이번에는 명확히 기대에 가득 찬 눈길로 나를 바라보았다.

"그럼 프랭크 시내트라의 〈애즈 타임 고즈 바이〉를."

내가 곡을 신청하자 주인은 즐거운 표정으로 예예, 하고 고개를 끄덕이며 돌아갔다.

8월 30일

시내트라가 '아무리 세월이 흘러가도 소중한 건 하나도 변하지 않는 거야'라고 노래했을 때, 가게 문이 열리면서 젊은 남녀커플이 들어섰다. 언뜻 보기에는 너무 어울리지 않는 한 쌍이었다. 남자는 어두운 실내에서도 표가 날 만큼 새카맣게 그을었고, 가슴을 열어젖힌 짙은 블루 와이셔츠가 잘 어울리는 화려한 분위기를 풍기는 사람이었다. 거기에다 일본인으로 보기 힘들 만큼 선이 굵고 반듯한 얼굴이었다. 한편, 여자 쪽은 하얀 피부에 흔하디흔한 테 없는 안경, 거기에다 별다른 특징도 없는 소박한 감색 티셔츠에 청바지를 입고 약간 눈을 아래로 깐 채 남자 뒤를 따랐다.

남자는 우리 쪽을 향하여 하얀 이를 드러내고 웃으면서 손을 들었다. 미나가타가 손을 들어올려 응답했다. 남자는 들어올린 손을 자연스럽게 여자 등으로 돌리더니 가볍게 밀치듯 하면서 우리 쪽으로 다가왔다.

"처음 뵙겠습니다. 사토 아기날드 겐이라고 합니다."

남자는 그렇게 말하고 나에게 미소를 보냈다. 보기와는 다르게 목소리와 어투가 반듯하고 웃는 모습도 좋아서 호감이 갔다. 사토의 미소가 더 깊어졌다. 등허리가 서늘해지는 듯한 느낌이었다.

"그만둬."

미나가타가 그렇게 말하자 사토는 웃음을 장난스런 표정으로 바꾸더니 미나가타를 보고 말했다.

"이쪽은 미우라 나오코 씨."

사토가 그리 소개하자, 나오코는 여전히 눈을 내려뜬 그대로 가볍게 고개를 숙였다.

"나는 저쪽에 가 있을게."

사토는 그렇게 말하고 주인이 있는 카운터 쪽으로 가서 앉았다.

"루이 암스트롱."

사토가 말하자 주인은 깊은 한숨을 내쉬었다. 사토는 뭐가 즐거운지, 갤갤갤, 웃었다.

야마시타가 뒷자리로 이동하고 미우라 나오코가 나와 박순신 맞은편 자리에 미나가타와 같이 앉았다. 주인이 물잔을 들고 테이블로 다가와서 미우라 나오코에게 아이스 밀크티 주문을 받고 돌아갔다.

미나가타는 손바닥을 위로 하여 한 손을 내 쪽으로 내밀며 미우라 나오코에게 말했다.

"이쪽은 하루카 씨의 아버지세요."

미우라 나오코는 이윽고 눈을 들어 나를 바라보더니, 처음 뵙겠습니다, 하고 중얼거리듯이 말하고 고개를 숙였다.

미나가타가 나를 보고 말했다.

"미우라 씨는 하루카 씨와 같은 반이고 친한 사이입니다."

나도 황망히, 안녕, 하고 머리를 숙였다. 미나가타가 말을 이었다.

"미우라 씨는 하루카 씨가 다친 그날 같이 노래방에 있었습니다."

대체 무슨 말인지를 몰라 내가 미나가타와 미우라 나오코의 얼굴을 번갈아 바라보고 있자니, 미우라 나오코가 갑자기 죄송합니다, 하고 기어들어가는 목소리로 중얼거렸다.

"왜 죄송하다는 거지?"

내가 그리 물었을 때 주인이 아이스 밀크티를 들고 테이블로 왔다. 주인이 테이블에서 벗어나기를 기다렸다가 내가 말했다.

"대체 무슨 말을 하는 겐가?"

음악이 프랭크 시내트라로 바뀌고 연주자를 알 수 없는 솔로 피아노가 울려 퍼졌다. 곡은 〈엔젤 아이스〉였다.

미우라 나오코의 눈에 강렬한 빛이 반짝였다.

미우라 나오코는 7월 9일의 일에 대해 이렇게 말했다.

7월 9일, 기말시험을 끝낸 하루카와 미우라 나오코는 오랜만에 짓눌렸던 날개를 펴 보려고 시부야에 나가서 몇 군데 백

화점을 돌아보고 자질구레한 물건을 사기도 하면서 놀았다. 하루카는 시계매장에서 남자 시계를 보고 이렇게 말했다고 한다.

"9월이 아빠 생일인데 시계라도 사 드릴까."

그리고 이런 말도 했다.

"그러려면 저금한 돈을 모두 찾아야 해."

백화점에서 나와 패스트푸드 가게에서 커피를 마신 다음 미우라 나오코는 하루카에게 노래방에 가자고 했다. 하루카는 별로 내키지 않았지만 미우라 나오코의 고집에 못 이겨 결국 같이 갔다. 다만 귀가시간 때문에 여덟 시 반까지라는 약속을 하고.

오후 일곱 시가 넘어 둘은 노래방으로 들어갔다. 30분 정도 지나 하루카는 화장실에 갔다. 그리고 하루카가 돌아온 지 얼마 되지 않아 이시하라가 방 안으로 들어왔다. 아마도 복도를 지나가다가 하루카를 보고 마음에 들었던 것 같다. 이시하라 뒤에는 같은 학생복을 입은 남학생 두 명이 있었다. 미우라 나오코는 두 남자에게 끌려 그들의 방 안으로 들어가야 했다.

"셋 모두 취한 것 같았습니다. 내가 끌려간 방의 테이블에는 맥주가 놓여 있었어요."

미우라 나오코는 증오에 가득 찬 표정으로 말했다.

"구하러 가고 싶었지만 너무 무서워서 발걸음이 떨어지지 않았어요."

미우라 나오코 앞에 놓인 아이스 밀크티의 얼음이 다 녹아서 투명한 물이 엷게 유백색 액체 위에 떠 있었다. 미우라 나오코는 말을 이어 갔다.

"갇힌 지 5분 정도 지난 후에 나를 감시하던 두 명이 갑자기 당황해하더니 그 가운데 하나가 휴대폰을 꺼내 어딘가로 전화를 걸었어요. 유리문이라서 안이 잘 보였습니다. 그로부터 30분 정도 지난 후에 면바지를 입은 남자가 방으로 들어와서 하루카가 가벼운 상처를 입었지만 지금 병원으로 옮길 것이니 걱정할 건 없다고 했습니다. 그리고 오늘 일은 하루카를 위해서라도 입을 다무는 것이 좋을 거라고……."

술에 취해서 이시하라는 반항하는 하루카를 심하게 손으로 때렸을 것이다. 그리고 아마도 술에 취하긴 했지만 시합을 앞두었다는 사실을 깨달은 놈들은 사태 수습을 위한 공작을 꾀한 것이다. 그래서 등장한 인물이 바로 면바지 차림의 아베였다. 교감 히라사와가 놈을 정찰병으로 파견했을지도 모른다.

미우라 나오코는 겁먹은 듯한 표정으로 말을 이었다.

"면바지를 입은 남자가 방으로 들어오자마자 하루카를 때린 남자도 따라 들어와서, 만일 오늘 일을 발설하는 날이면 절대로 가만두지 않겠다고, 나한테. 성형수술을 해도 절대로 고칠

수 없을 만큼 뭉개 버리겠다고. 피 묻은 주먹을 내 얼굴에 갖다 대고 징그럽게 웃었습니다. 너무 무서워서 나도 모르게 고개를 끄덕이고 말았습니다."

미우라 나오코의 얼굴이 일그러졌다. 금방이라도 울음을 터뜨릴 것 같았다.

"하루카가 걱정이 되긴 했지만 어떻게 하면 좋을지 몰라서…… 정말 하루카에게 너무 미안해서, 그렇지만 연락도 안 되고…… 입원한 것도 몰랐고……."

미우라 나오코는 나와 눈을 마주치자 황망히 고개를 숙이며 괴로운 듯한 목소리로 말했다.

"정말 죄송합니다."

"내게 사과할 일이 아니야."

나는 침착히 말했다.

"자네 기분은 잘 알겠고, 또 자네 잘못은 아무것도 없네."

미우라 나오코는 얼굴을 들었다. 두 눈에는 눈물이 그렁거렸다. 미우라 나오코는 안경을 벗지도 않고 그냥 울기 시작했다. 정말 괴로웠을 것이다. 나는 양복 위 호주머니에서 손수건을 꺼내 미우라 나오코에게 내밀었다. 미우라 나오코는 그것을 받아들고 안경을 벗은 다음 눈물을 닦았다. 울음이 그치기를 기다렸다가 나는 말했다.

8월 30일

"앞으로도 하루카랑 사이좋게 지내주기를 바라."

미우라 나오코의 눈에서 다시 눈물이 흘러내렸다. 미우라 나오코는 몇 번이나 고개를 끄덕였다. 주인이 주문도 하지 않은 따뜻한 밀크를 가져와서 미우라 나오코 앞에 내려놓았다. 미우라 나오코는 주인에게 가볍게 고개를 숙이고 밀크에 입을 댔다. 그리고, 고맙습니다, 하고 중얼거리더니 미소를 지었다.

"그럼 내가 데려다줄게요."

사토가 테이블 옆에 서서 그렇게 말하더니 잠깐 가게 바깥에서 기다려줄래, 하고 미우라 나오코에게 말했다. 미우라 나오코는 고개를 끄덕이고 자리에서 일어나 깊이 머리를 조아린 다음 테이블을 떠났다가, 금방 발길을 돌려 내게 다가와 손수건을 건네주었다. 나는 손수건을 받아들었다. 미우라 나오코는 나에게 다시 깊이 머리를 조아린 다음, 미나가타를 보고 생각났다는 듯이 말했다.

"학교축제 때, 기다릴게요."

미나가타는 황망히 고개를 끄덕이며 고마워, 하고 약간 들뜬 목소리로 대답했다. 나는 수상쩍다는 생각을 하면서 가게를 나서는 미우라 나오코의 등을 바라보았다.

가게 문이 닫히자마자 사토가 미나가타에게 손을 내밀었다.

"얼마야?" 하고 미나가타가 물었다.

"1만 엔으로 하고 싶지만 여름방학이라 특별 할인으로 5천엔."

"너무 심하잖아."

미나가타가 볼멘 목소리로 말했다.

사토가 혀를 차더니 말했다.

"그럼 너라면 얌전한 여고생을 설득해서 이런 재즈 찻집으로 데리고 올 수 있을까?"

카운터 너머로 주인의 커다란 기침소리가 들려왔다. 미나가타는 알았다고 하면서 청바지 뒷주머니에서 5천 엔짜리 지폐를 꺼내 사토에게 건네주었다. 사토는 땡큐, 멋진 발음과 함께 그 돈을 받아들고 요염하게 웃더니 나를 향해 말했다.

"그날 저도 보러 갈 겁니다. 힘내세요."

나는 진지한 표정으로, 응, 하고 고개를 끄덕였다. 사토가 눈꼬리에 깊은 주름을 잡으며 활짝 웃었다. 이미 오래전에 잊어버린 달콤하면서도 씁쓸한 뭔가가 가슴속을 오가는데, 야수의 침과도 같은 색소폰 소리가 가게 안에 울려 퍼졌다. 롤랜드 커크였다. 사토의 얼굴에서 웃음이 사라졌다. 카운터에 선 주인 입가에 심술궂은 웃음이 떠올랐다. 사토는 다시 한 번 쳇, 하고 혀를 차더니 박순신에게 말했다.

"너무 심하게 하지 마."

오랜만에 박순신의 얼굴을 보니 오른쪽 눈꼬리 상처가 빨갛게 물들어 있었다. 아까 그 이야기를 듣고 화가 난 모양이었다. 박순신은 귀찮다는 듯 손을 들어 사토의 말을 가로막았다. 사토는 야마시타의 얼굴을 부드럽게 쓰다듬더니, 아디오스, 하고 등을 돌렸다.

"잘 데려다줘."

미나가타가 사토의 등을 향해 말했다.

"쓸데없는 짓 하면 안 돼, 아가."

사토는 고개를 돌리지도 않고 오른손을 가볍게 들어 미나가타의 말에 응답했다.

사토가 가 버리자 가게의 조명이 10와트 정도로 어두워진 것 같은 느낌이 들었다.

그러고 보니, 하고 나는 입을 열었다. 미나가타와 사토의 거래를 지켜보다가 얼이 빠져 몇 가지 의문을 그냥 지나칠 뻔했던 것이다.

"돈은?"

미나가타는 괜찮다면서 손사래를 쳤다.

"선물이에요."

나는 몇 번이나 고맙다고 말했다.

"그런데 어떻게 미우라 나오코의 존재를 알았어?"

미나가타는 곤란하다는 듯 미간을 찌푸렸다.

"그건 다음에 말씀드릴게요. 우리에게는 독자적인 정보망이란 게 있거든요."

아직도 찜찜한 구석이 남아 있었지만 더는 추궁하지 않기로 하고 아이스 커피 잔으로 손을 내미는데 가게 문이 열렸다. 이다라시키와 가야노가 나타난 것이다. 두 사람은 곧장 테이블 쪽으로 다가와 내게 인사를 했다.

"됐어. 모두 연락이 닿았어."

이다라시키는 미나가타에게 고했다.

"다들 하겠대."

미나가타는 좋았어, 하고 마음이 놓인다는 듯 한숨을 내쉬었다. 무슨 말을 하는지 도무지 알 수 없어서, 나는 그들의 얼굴을 번갈아 바라보며 말했다.

"여러 가지로 신경을 써 줘서 고마워."

"새삼 무슨 말씀이세요. 어색하게."

미나가타는 그렇게 말했고, 야마시타는 고개를 끄덕였다. 미나가타가 말을 이었다.

"내일 하루는 천천히 쉬고 모레의 대결을 준비해주세요. 멋진 날이 될 겁니다."

다시 야마시타가 고개를 끄덕였고, 나는 고개를 빳빳이 세운 채 말했다.

"나도 답례라고 하면 좀 그렇지만, 여러분에게 조그만 선물을 하고 싶어."

8월 31일

"오늘은 몇 시에 돌아오죠?"

아침 식탁에서 유코가 물었다. 부부 사이에 오갈 법한 그런 대화가 참으로 오랜만이라 너무 좋아서 재빨리 대답했다.

"평소와 똑같아."

유코는 식탁 위의 그릇을 정리하면서 그래요, 하고 무덤덤하게 말했다. 냉랭한 그 태도가 너무 섭섭하기도 해서 좀 환심을 사 보려고 나도 모르게, 내일이면 하루카를 데리고 올 수 있을 것 같다는 말을 할 뻔했다. 자칫하면 내가 병원에 실려 가고 유코가 나를 데리러 올지도 모르는데.

"왜 그러세요?"

내가 입을 멍하니 벌린 것을 보고 유코가 물었다. 나는 아무 것도 아니라고 하고 디저트로 나온 사과 한 조각을 입 안으로 밀어 넣었다.

평소의 그 시간에 집을 나서서 시나가와 역으로 향했다.

"그 나이에 유원지가 뭐야?"

약속한 교혜이 급행 개찰구에서 박순신이 미간을 찌푸리며 말했다.

"좋잖아, 여름방학의 마지막 날이기도 하고."

"세상에 그런 학설도 있어?"

떨떠름한 표정을 짓는 박순신과는 대조적으로 미나가타, 이 다라시키, 가야노, 야마시타 네 명은 이제 곧 자신이 가지고 놀 고무공을 눈앞에 둔 강아지처럼 눈을 반짝였다. 그들은 등에 먹을 것을 넣은 배낭을 짊어지고 전차를 타자마자 포테이토칩 을 꺼내 나눠주기 시작했다.

가나자와핫케이 역까지 가서 시사이드란이라는 모노레일 로 갈아타고 핫케이 섬 시 파라다이스에 도착했다. 하루카가 중학생 때 우리 가족 셋이서 놀러 온 추억의 유원지이다.

수족관 시설과 유원지 시설 겸용의 자유관람권을 구입하여 하나씩 나누어주었다. 다들 즐거운 표정이다.

먼저 수족관에 갔다. 다들 이마를 수조에 갖다 대고 안을 엿보면서, 나는 저놈을 회로 먹을래, 아니야, 튀김이 좋아, 그렇지만 저기 돌아다니는 참치는 로봇이야, 수족관 직원이 몰래 리모컨으로 조종하는 거래, 그런 말들을 하면서 즐거워했다. 그리고 상어가 들어 있는 거대한 수조 앞을 지날 때 상어 한 마리가 분명히 야마시타를 노리고 수조 유리에 머리를 박았다. 야마시타는 왓! 비명을 지르며 엉덩방아를 찧고 미나가타와 이다라시키와 가야노는 수조에 몸을 기대면서 배를 잡고 웃었다. 박순신은 어이가 없다는 듯 고개를 절레절레 저었다. 그러나 그것은 서막에 지나지 않았다.

수족관을 나서서 바다 동물들의 쇼를 보여주는 스타디움으로 향했다. 운 좋게도 맨 앞자리에 앉았는데 그게 실수였다. 무슨 영문인지 모르겠지만 돌고래들은 우리 쪽에 물을 덮어씌우고 싶었는지 우리 자리 앞에서만 점프를 하고, 강치들은 재주를 부리면서 우리 쪽으로 이를 드러내고, 물개들은 우리를 향해 우옷! 고함을 질러댔다. 사회를 보는 누나는 당혹스런 표정으로,

"이상하네요. 오늘은 모두 흥분한 것 같아요. 대체 왜 그럴까요?" 하고 관객석을 향해 물었다. 야마시타는 동물들이 노려볼 때마다 미안해, 하고 반사적으로 고개를 숙였다. 미나가타와 이다라시키와 가야노는 웃느라 정신을 못 차렸고, 박순신은 때

로 소리 내어 웃었다. 나도 같이 웃으면서 야마시타의 특이한 재능에 감탄했다.

쇼가 끝나자 스타디움으로 나와서 놀이기구가 있는 유원지 시설로 향했다. 박순신을 제외한 네 명은 제트제트제트를 외치면서 제트코스트가 있는 쪽으로 걸어갔다. 탑승구에 이르렀다. 어느샌가 박순신의 모습이 사라졌다. 뒤를 돌아보니 3미터 정도 떨어진 곳에서 박순신이 험악한 눈길로 우리를 노려보는 것이 아닌가. 미나가타는 눈치를 차리고, 후후후, 심술궂게 웃었다. 나도, 후후후, 웃었다. 그리고 박순신의 말투를 흉내 내어 말했다.

"공포의 저편에 무엇이 있는지 보고 싶지 않아?"

박순신의 눈에서 살기가 뿜어져 나왔지만 모른 척했다. 알고 지낸 이후로 처음 내가 우위에 서는 순간이었다. 박순신은 중대한 결단이라도 내린 듯 코로 숨을 뿜어내고 큼직한 발걸음으로 탑승구 쪽에 다가왔다.

3분 정도 우리는 중력과 스피드의 놀림감이었다. 박순신은 내 곁에서 훌륭하게 고문을 견뎌 냈다. 커브에서 몸이 크게 흔들릴 때마다 웃! 신음소리를 내고, 올라갔다 내려갈 때는 인공의 재앙에 몸을 내맡긴 채 눈과 입을 꼭 다물었다.

제트코스트가 멈추었다. 박순신은 피로에 절은 표정으로 크게 숨을 토해 냈다. 나는 박순신의 얼굴을 빤히 바라보았다.

"뭘 봐!"

박순신은 노골적으로 화난 표정을 지었다.

나는 눈길을 약간 아래로 떨어뜨리고 내 오른손 근처를 바라보았다. 박순신은 내 양복 소맷자락을 힘껏 거머쥔 채였다. 내 눈길을 의식하고 그제야 박순신은 급하게 손을 뗐다. 내가 웃어 보이자 박순신은 짐짓 어색함을 감추며 외쳤다.

"바보처럼 웃지 말란 말이야!"

샌드위치와 햄버거와 카레라이스를 시켜서 실외 테이블에 앉아 여름 햇살을 받으며 식사를 즐겼다. 식후에는 야마시타가 가져온 프린을 먹었는데, 오랜 시간 배낭 안에 박혀 있다 보니 미지근해서 모두의 불평을 샀다. 나는 기가 죽은 야마시타에게 정말 맛있다고 손가락 두 개를 세워 보였다. 그걸 보고 박순신은 월급쟁이다운 행동이라고 경멸하는 듯한 웃음을 머금었다. 아까 당한 앙갚음을 하는 모양이다. 나는 양복소매를 잡고 픗, 웃었다. 그러나 박순신이 노골적으로 살기 어린 시선을 던지는 바람에 나는 서둘러 웃음을 거두었다.

거의 모든 놀이기구를 섭렵하고 유원지 안을 천천히 산책하고 나서 바다를 보러 가까운 해변으로 갔다.

인공해변이지만 분위기는 그런대로 괜찮았다. 우리는 모래

사장에 주저앉아 잠시 말없이 바다를 바라보았다. 여름방학의 마지막 날이라서 그런지 우리 눈앞으로 가족들이 지나갔다. 밀짚모자를 쓰고 자그만 분홍색 양동이를 든 어린 소녀가 혼자서 해변을 걸어간다. 우리를 발견하고는 여자애답게 부끄러운 미소를 띠며 우리에게 손을 흔든다. 우리도 손을 흔들어 화답했다. 여자애는 소리가 들릴 듯이 활짝 웃더니 조금 떨어진 곳에 있는 부모에게로 달려간다. 여자애가 열심히 무슨 말을 한다. 젊어 보이는 부모가 열심히 고개를 끄덕이며 귀를 기울인다. 우리 앞을 지나갈 때 그 부모는 우리를 향해 여자애와 아주 닮은 미소를 보내며 가볍게 고개를 숙이는 것이었다. 이번에는 여자애가 손을 흔들며 안녕했다. 우리도 손을 흔들어 주었다. 세 사람의 등이 점이 될 때까지 바라보다가 나는 혼잣말처럼 중얼거렸다.

"하루카가 처음 말을 했을 때가 생각나. 한 살 생일이 지난 지 얼마 지나지 않아 '맘마'라고 하는 거야. '아빠'가 아니라 좀 섭섭하긴 했지만 그 기쁨은 말로 다 할 수 없었어. 나와 아내는 녹음기에다 기록하기로 했지. 평생 간직하자고 말이야. 그 테이프가 아직 있을까 몰라."

나는 빠르게 색깔을 바꾸어 가는 바다에서 젊은이들에게로 눈길을 돌렸다.

"어제 이야기, 듣지 않아도 알아. 우리 하루카는 함부로 낯선 남자를 따라갈 애가 아니거든. 히라사와의 말이 모두 거짓이라는 것도. 병실에 누워 있는 하루카를 보는 순간, 너무 두렵고 어떻게 해야 할지를 몰라서 나를 자해하고 싶은 기분이 들어서, 하루카를 내팽개치고 말았어…… 변화도 없이 늘 정해져 있는 일상을 그리도 지겨워하던 주제에 정작 그 일상에서 벗어난 일이 벌어지니까 너무 귀찮아서 안 보이는 척 못 들은 척하면서 일상에 달라붙어 있으려 하는 거야. 아니, 그뿐만이 아니야. 왜 내가 이런 꼴을 당해야 하느냐고 하루카를 원망하기도 했어. 그런 나를 용서할 수 없었어. 그 애가 곤경에 처하더라도 전 세계가 그 애의 적이 된다 해도 무조건 지켜줄 수 있는 사람은 나밖에 없는데도…… 나는 자신의 약점에서 눈을 돌려 버리고 말았지. 서글픈 일이야, 정말로……."

나는 억지로 웃음 지으며 말을 이었다.

"이 나이가 될 때까지 강하거나 약하거나 아무래도 좋은 그런 생활을 해 왔지만 자네들을 만나면서 난 바뀌었어. 이제는 절대로 나의 나약한 부분에서 눈을 떼지 않을 거야."

미나가타와 이다라시키와 가야노와 야마시타가 나의 웃음에 웃음으로 반응해주었다. 박순신은 웃지 않았다. 그 대신에 천천히 자리에서 일어나 당당한 발걸음으로 파도가 닿는 곳까지 걸어갔다. 그리고 밀려오는 파도에서 몇 미터 떨어진 곳에 서서 두 팔을 수평보다 약간 높이 들어올리고 일단 멈춘 다음, 살짝 무릎을 굽히더니 마치 날갯짓이라도 하는 것처럼 두 팔을 모래사장 아래로 뿌렸다. 발아래 모래를 날려 보낼 듯 힘찬 움직임이었다. 다시 날개를 어깨까지 들어올린다. 그러나 날개를 접지 않고 박순신은 날개를 펼친 채 발레 댄서처럼 한 바퀴 빙글 돌았다. 날개 끝이 저녁노을을 배경으로 완벽한 원을 그렸다. 그 원의 궤적이 사라지기도 전에 박순신은 무릎을 펴고 가볍게 발끝으로 서서 턱을 들고 하늘을 올려다본다. 날개를 더욱 높이 치켜든다.

이 얼마나 부드럽고 우아한 움직임인가.

그렇게 박순신은 잠시 동안 나의 상상력을 넘어선 곳에서 움직이면서 자유자재로 날갯짓을 했다. 저녁노을에 비치는 날갯짓은 너무도 아름답고 힘차서 박순신이 날아가 버리지는 않을까 걱정스러울 정도였다.

"솔개의 춤이란 겁니다."

내 곁에 앉은 미나가타가 박순신 쪽을 바라보며 말했다.

"몽골 씨름에서 이긴 사람만이 저 춤을 출 수 있다고 해요. 박순신류로 바꾼 거긴 하지만요."

미나가타는 나를 바라보며 말했다.

"진정한 승자는 솔개가 되어 하늘을 날아올라 한없는 자유로 다가간다, 이게 순신의 입버릇이에요."

박순신이 움직임을 멈추었다. 새가 날개를 접듯이 천천히 팔을 내린다. 박순신은 우리 쪽으로 돌아서서 눈을 감으며 숨을 골랐다. 가슴이 가볍게 위아래로 움직인다. 그리고 박순신이 눈을 떴을 때, 주위에서 박수가 터져 나왔다. 주위를 둘러보니 어느새 가족들과 커플들이 진을 쳤다. 박수 소리가 해변을 가득 채웠다가 밀려가는 파도를 따라 바다 저편으로 퍼져 나갈 것 같았다. 우리도 박수를 쳤다. 박순신은 깜짝 놀라서 군중을 둘러보고 이윽고 겸연쩍게 웃었다. 왠지 나는 뿌듯하고 자랑스러운 감동에 사로잡혔다.

우리는 시나가와 역 개찰구에서 헤어졌다.

저녁을 사겠다는 나의 제안은, 집에서 먹어, 라는 박순신의 한마디에 산산이 부서지고 말았다.

헤어질 때, 미나가타는 내일 만날 장소와 시간을 말해주었다. 그때 비로소 나는 내일 대결의 여러 상황에 대해 물어보았다. 그리고 개략적인 계획을 들었을 때 나는 너무 어이가 없어 몇 번이나 고개를 저었다. 그래서 9월 1일이었단 말인가…… 어이없어하는 나와는 달리 다들 득의에 찬 미소를 머금었다.

10시 8분.

스타트 지점에 서서 스니커즈로 갈아 신었다.

버스 정류장에 있는 대기선수들이 보내는 강렬한 시선을 느꼈다. 어젯밤은 아슬아슬하게 버스 꽁무니를 따라잡았는데, 혹시 그걸 기분 나쁘게 생각하는 적의에 찬 눈길인지도 모른다. 그래도 어쩔 수 없다. 나는 오늘 밤 무조건 이기고 싶다. 아니 반드시 이겨야 한다.

10시 10분.

버스 도착을 알리는 낯익은 엔진 소리가 들려왔다. 가방을 등에 메고 크게 숨을 들이쉬었다. 덜컹, 문이 닫히는 소리를 신호로 숨을 내뿜었다. 왼발을 앞으로 내밀고 윗몸을 살짝 앞으로 기울인다. 버스 엔진 소리가 서서히 다가온다.

자, 간다.

버스가 옆을 지나치자마자 힘껏 뒤꿈치로 땅을 찼다. 신호가 많은 첫 번째 정류장까지는 버스가 빨간 신호등에 발목이 자주 잡혀 느리다. 그럴 때, 무리를 해서라도 나는 앞으로 나아가야 한다. 늘 그렇듯이 두 번째 신호에서 버스가 멈추고, 나는 버스를 곁눈질하며 신호를 무시하고 횡단보도를 넘었다. 평소처럼 기도문을 되뇌면서.

제발 재수 없게 경찰에 잡히지 않게 해주소서.

두 번째 정류장을 지나칠 때, 버스와의 거리는 50미터. 문제는 여기서부터이다. 애석하게도 골인 지점인 여섯 번째 정류장까지는 전혀 타는 사람이 없어서 빨간 신호 말고는 버스가 멈출 일이 없다. 늘 피로에 전 얼굴의 편의점 주인이 가게 앞에 쭈그리고 앉아 있었다. 가게 주인이 나를 응시한다. 토, 일요일만 빼고 매일 같은 시간에 양복 차림으로 가게 앞을 달려가는 이상한 중년남자를 마음에 담았을지도 모를 일이다. 그 사람 앞을 스치면서 손을 들어 인사를 했다. 딱히 응답을 바란 것은 아니었다. 주인은 경쾌하게 반사신경을 움직여 나에게 화답을 해주었다. 그것도 얼굴에 엷은 미소를 머금고서. 그 웃음이 바람처럼 내 등을 떠밀어 주었다.

거의 간격을 벌리지 않고 세 번째 정류장을 지나갔다. 다리가 너무 가볍다. 네 번째 정류장을 지나면서 뒤를 돌아보았다. 30미터 정도 거리로 줄어들었다. 버스의 부르릉거리는 엔진소리가 귀에 들리는 듯했다. 얼굴을 앞으로 돌리고 힘껏 무릎을 들어올려 팔을 흔든다. 다섯 번째 정류장 바로 앞 횡단보도를 빠져나가려 할 때, 옆에서 다가온 벤츠가 짜증스럽게 경적을 울렸다. 시끄러, 방해하지 마. 물론 횡단보도 신호는 빨강이었지만 내 알 바 아니다. 깔아뭉개고 싶으면 어디 한번 해 보란 말이야. 오늘 밤만은 내가 도로의 왕이다.

버스가 맹렬한 기세로 추격해 온다. 엉덩이를 물어뜯을 것 같다. 스릴 만점. 골이 보인다. 여섯 번째 정류장의 노란 표시판이 25미터 징도 앞. 밤이 어둠에 젖어 있다. 나는 더욱 무릎을 높이 들어올리고 팔을 힘차게 흔든다. 폼이야 어떻든 내 알 바 아니다. 합리성이니 정합성이니 앞뒤 순서 따위 개똥이다. 저기 앞에서 고딩으로 보이는 세 명이 옆으로 퍼져 걸으며 나를 가로막으려 한다.

"비켜!"

나의 포효에 세 명은 몸을 움츠리며 뒤를 돌아보았다.

다시 한 번 외쳤다. 세 명은 기가 죽어 잽싸게 보도 옆으로 비켜 주었다.

"땡큐!"

그렇게 외치면서 인도 한가운데를 전력 질주했다. 10미터 정도 앞에 노란 표시판이 보인다. 등 뒤로 버스의 거친 숨결이 다가온다. 숨이 가쁘다. 땀방울이 눈을 찌른다. 아프다. 그래서? 고작 10미터 아니냐. 아니, 8미터, 7미터, 6미터, 5미터, 4미터, 3미터, 2미터, 1미터.

골인.

한 템포 늦게 급브레이크 소리가 들렸다. 나도 급브레이크를 밟고 그 자리에 멈춰 서서 뒤를 돌아보았다. 탑승하려는 사람도 없는데 버스는 멈춰 서 있었다. 그리고 승차 도어가 열려 있다. 나는 어깨로 숨을 쉬면서 정류장을 향해 걸어갔다. 박수 소리가 들려왔다. 눈을 동그랗게 뜨고 바라보았다. 대기선수들이 차 안에 서서 나를 향해 박수를 치는 모습이 창 너머로 보였다. 어찌 해야 할지를 몰라 승차 도어 앞에 섰다. 운전사의 모습이 보였다. 운전사는 모자 대신에 수건을 머리에 두르고 젖은 눈으로 나를 바라보았다. 그리고 갑자기 나를 향해 왼손 엄지 손가락을 세워 보였다. 나는 크게 숨을 들이쉰 다음, 힘차게 미소 지으며 오른손 엄지를 세워 버스 탄 사람들을 향해 내밀었다. 박수가 끊임없이 쏟아졌다. 운전사가 운다. 버스의 해저드 램프가 마치 축복의 네온사인처럼 반짝였다.

식탁에 비프스테이크가 올랐다. 피가 뚝뚝 떨어지는, 이라는 표현이 어울릴 듯한 두터운 고깃덩어리였다.

나는 부엌에 서서 일을 하는 유코의 뒷모습으로 시선을 옮겼다. 용기를 내어 말했다.

"알았어?"

유코는 고개도 끄덕이지 않고 뒤를 돌아보지도 않았다. 나는 그냥 식탁에 앉아 있었다. 유코가 콘포타쥬를 가지고 와서 식탁에 올려놓더니 다시 부엌으로 돌아갔다. 나는 먼저 콘포타

쥬를 먹었다.

"수프는 금방 에너지로 바뀐대."

유코가 고개도 돌리지 않고 말했다.

"그런가?"

"스포츠 선수는 시합 전날 고기를 먹는대. 혈기를 왕성하게 하려고."

"그렇구나."

나는 나이프와 포크를 손에 들고 고기를 자르기 시작했다. 유코는 여전히 고개를 돌리지 않은 채 말했다.

"한 달 반 정도 전에 갑자기 한 고등학생이 여길 왔었어요. 묘하게 친근감이 가는 학생이었어요. 손에 봉투를 하나 들고서. 그 안에는 아침과 저녁 식사 메뉴가 적혀 있었고, 이대로 당신에게 해주라고. 몸을 만드는 데 필요한 거라고 하면서."

고기를 씹었다. 오랜만에 맛보는 스테이크였다.

"같은 날에 하루카의 병실에도 고등학생이 갑자기 찾아와서 병실 벽에 커다란 하얀 종이를 붙이고 거기에 당신의 체중하고 체지방률과 쓰리 사이즈를 적어 넣었대요. 그 후로 매일, 당신의 신체 변화를 기록하려고 병실을 찾아왔대요. 그 남자애는 참 특이한 사람 같아요. 어느 날은 물에 흠뻑 젖은 채 나타나서 강에 빠졌다고 하고, 또 어느 날은 바지가 찢어진 채 나타나 '치와와 다섯 마리한테 물렸다'고 하기도 하고. 그래서 처음에는 경계했는데, 점점 그 애가 오기를 기다렸다고 했어요. 게다가 자신보다는 그 애가 오히려 더 걱정스러워서 점점 마음의 상처를 잊어버렸다고 해요."

그리고 유코는 입을 다물었다. 나는 고기를 자르던 손길을 멈추고 유코의 등을 바라보았다. 갑자기 유코가 뒤를 돌아보았다. 얼굴은 분노로 벌겋게 달아올라 있었다. 유코는 손에 든 행주를 내 쪽으로 힘껏 집어던졌다. 나는 반사적으로 얼굴을 살짝 돌려 행주를 피했다. 유코는 어이가 없다는 듯한, 조금은 감탄한 듯한 그런 모호한 웃음을 머금고 말했다.

"어떻게 피했어요?"

"미안해."

내가 황망히 고개를 수그리자 유코는 크게 숨을 몰아쉬고 말했다.

"22년이나 같이 살아 왔는데 내가 눈치도 못 챌 줄 알았어요? 토요일도 일요일도 나가고 점점 살이 빠지고 가슴이 두꺼워지고, 으랏차! 하고 잠꼬대를 하고, 눈자위에 멍이 들어 돌아오기도 하고."

"내가 자면서 으랏차! 했단 말이지?"

나는 얼굴을 붉히며 물었다.

유코는 어이가 없다는 표정으로 가까이 있는 주걱을 던졌다. 이번에는 피하지 않았다. 정확히 이마에 맞고 땅! 마른 소리를 냈다.

"왜 피하지 않아요? 그 정도는 맞아도 괜찮다는 건가요?"

유코는 화난 듯이 그렇게 말하고 우는지 웃는지 모를 야릇한 표정을 짓다가 에이프런을 획 벗어 던지더니 부엌을 나가 버렸다. 나는 바닥에 떨어진 주걱을 주워 식탁 위에 올려놓고 식사를 계속했다. 유코와 하루카를 위해서 피를 보충해야 했기 때문이다. 그리고 지금 유코 곁으로 다가가면 내 속의 뭔가가 무너질 것 같은 생각이 들어서이기도 했다.

식사를 마치고 설거지를 한 다음 정원 의자에 앉아 한 시간 정도 달을 바라보았다. 이를 닦고 침실로 향했다. 유코는 침대에 누워 있었다. 나는 조용히 침대 안으로 파고들어 여느 때처럼 잠을 자려 했지만 내일의 긴장과 흥분과 공포가 번갈아 가며 내 머리를 찧어 눈을 뜨지 않을 수 없었다. 30분 정도 뒤척이다가 침대를 빠져나왔다.

창고 방으로 가 바닥에 놓여 있는 상자들 가운데서 〈하루카〉라벨이 붙은 놈을 가려내고 1~5까지 있는 〈하루카〉라벨 가운데서 1부터 열기 시작했다. 성장 순으로 넣어 두었을 텐데 무슨 영문인지 카세트테이프는 3에 들어 있었다. 그것을 들고 거실로 돌아왔다.

불을 켜지 않은 채 오디오 전원을 넣고 카세트테이프를 밀어 넣었다. 이어폰을 귀에다 대고 소파에 앉았다. 그리고 리모컨을 손에 들고 마치 무슨 종교의식이라도 치르는 듯 엄숙한 손놀림으로 'play'를 눌렀다. 찰칵, 테이프 돌아가는 소리가 울리자 나는 눈을 감았다.

맘마……맘마……맘마…….

누군가의 손에 내 볼이 닿았다. 너무 따스하다.

나는 눈을 감은 채 그 손에 모든 것을 맡겨 버렸다.

……맘마……맘마…….

누군가의 또 다른 손이 목덜미를 잡더니 세차게 앞으로 끌어당겼다. 이어폰이 떨어졌다. 그 대신에 내 귀에 콩닥콩닥 콩닥콩닥 규칙적인 리듬이 들려왔다. 요 한 달 반 동안 내가 가장 듣고 싶었던 소리. 가장 갈망했던 감촉.

나는 눈을 감은 채 누군가의 가슴에 머리를 맡겨 버렸다.

콩닥콩닥 콩닥콩닥…….

누군가의 손이 내 머리칼을 애무하듯 쓰다듬는다. 내일이 오기까지 그 무엇도 더는 두려워하지 말라. 설령 그것이 짧은 시간이라 해도 나는 완벽한 휴식을 누릴 수 있을 것이다.

그래, 이제 자자.

9월 1일

유리창으로 비쳐 드는 어렴풋한 빛을 눈꺼풀로 느끼면서 나는 눈을 떴다.

나는 거실 소파에 누워 있었다. 머리 아래에는 베개가 있고 몸에는 타월이 덮였다. 벽시계로 시간을 확인했다.

아침 여섯 시.

적절한 시간이다. 나는 윗몸을 일으키고 크게 기지개를 켰다. 한순간에 잠의 흔적은 부서져 버렸다. 소파에서 발을 내리고 바닥에 내려섰다. 온몸에 기력이 넘쳐흐른다. 완벽한 기상이다.

세수를 한다. 거실로 향했다. 부엌에서 유코의 움직임이 바쁘다.

"안녕."

유코가 돌아보며, 잘 잤어요? 하고 긴장한 목소리로 화답했다. 식탁에 앉았다. 식탁 위에는 떡과 시금치가 든 우동, 자그만 김밥 두 개, 우유, 그리고 바나나와 오렌지 등의 과일이 올랐다. 아마도 소화가 잘 되는 메뉴라고 준비했을 것이다.

30분 정도를 들여 천천히 식사를 하고, 잘 먹었어요, 하고 유코에게 말하고는 침실로 갔다. 내 침대 위에는 처음 보는 검정색 양복이 나 대신 누워 있었다. 그것은 한눈에 보기에도 세련된 디자인에다 광택이 나는 천으로 지은 고급제품임을 알 수 있었다. 침대로 다가가 상의를 열어젖혔다. 안주머니 아래 붙은 상표에 'Ermenegildo Zegna'라는 글이 적혀 있었다. 물론, 잘 읽지 못한다. 이탈리아어일까?

옷장 문을 열고 새로 산 하얀 와이셔츠를 꺼내 입었다. 그리고 특별한 넥타이를 꺼냈다. 올해 어버이날에 하루카가 선물한 것이다. 회색 바탕에 가느다란 노란색 선이 비스듬히 들어 있다. 하루카는 이런 무늬를 레지멘탈 스트라이프라 한다고 가르쳐주었다. 그걸 외우려고 몇 번이나 따라 했는지 모른다.

수트를 입었다. 놀랍게도 사이즈가 딱 맞았다. 상하를 입은 후에, 2주일 정도 전에 박순신이 자를 들고 와서 팔 길이와 어깨 폭을 잰 일이 떠올랐다. 이유를 묻자, 조용히 해, 하고 면박을 주는 바람에 더는 물을 수도 없었다.

옷장 안에 달린 맨 위 서랍을 열고 하얀 봉투를 꺼내 양복 안주머니에 넣었다. 히라사와가 건네주었던 위로금이다.

가방을 들고 침실을 나섰다. 부엌에 얼굴을 내밀까 잠시 망설이다가 그냥 현관으로 향했다. 구두를 신는데 등 뒤에서 유코의 슬리퍼 소리가 들려왔다. 소리가 멈추었다. 구두를 다 신고 모른 척하면서 숨을 고른 다음 일어서서 뒤를 돌아보았다. 만면에 가득한 웃음이 내 앞에 서 있었다. 이거 좋지 않아, 이러다간 발걸음을 떼지 못할 수도 있어.

나도 웃음을 보이며 말했다.

"다녀올게."

유코는 가볍게 고개를 끄덕이고 천천히 왼손을 내 가슴 쪽으로 뻗었다. 부드러운 다섯 손가락이 양복 안을 파고들어 내 가슴을 쓰다듬었다.

"대학 때보다 딱딱해."

유코의 얼굴에서 웃음기가 사라지고 그 대신에 불안한 기색이 떠올랐다. 나는 왼손으로 유코의 볼을 감쌌다. 엄지손가락으로 오른쪽 눈썹을 쓰다듬자 유코의 얼굴에 웃음이 되살아났다.

"하루카와 같이 기다릴게요."

나는 힘차게 고개를 끄덕이며 말했다.

"반드시 데리러 갈게."

나와 유코는 동시에 서로의 몸에서 손을 뗐다. 유코가 바닥에 놓인 가방을 집어서 내게 건네주었다. 발길을 돌리려다 나는 문득 생각이 나 양복 칼라를 매만지며 말했다.

"이거 고마워."

"감사는 하루카에게 하세요. 하루카가 지금으로 산 거니까요."

"……다녀올게."

목에서 억지로 말을 끄집어 올리듯 그렇게 말하고 발길을 돌려 현관문을 열었다.

문 앞에 서서 하루카의 방을 올려다보았다. 여전히 커튼이 드리운 채였다.

오늘 밤 나는 저 창문을 열게 할 것이다.

반드시.

오전 8시 30분.

JR 다카다노바바 역에 도착했다.

개찰구에 미나가타가 서 있었다.

"자, 갈까요."

미나가타가 웃음과 함께 던진 그 말에 나는 힘차게 고개를 끄덕였다.

우리는 묵묵히 목적지를 향해 걸었다. 10분 정도 지나 도야마 공원에 도착했다. 그 광장에는 50명 정도의 젊은이들이 모여 있었다. 다들 독특한 차림새였다. 특히 〈사망유희〉에서 브루스 리가 입었던 노란 바탕에 검은색 줄이 든 차림새의 젊은이가 눈에 띄었다. 앞머리를 살짝 기른 헤어스타일이나 두상까지 브루스 리를 쏙 빼닮았다.

"같은 고등학교 친구예요. 오늘 대결을 도우러 온 겁니다."

미나가타가 말했다.

미나가타의 안내를 받으며 광장 거의 한가운데 있는 벤치에 이르렀다. 서서히 사람들의 시선이 내 쪽으로 쏠리기 시작했다. 미나가타는 벤치에 뛰어오르더니 손가락을 입에 넣고 휘파람을 불었다.

삐잇!

사람들 시선이 우리 쪽으로 쏠렸다. 다들 벤치 앞으로 다가와 나름대로 자리를 잡고 앉았다. 하나같이 한 건 할 만한 얼굴들이었다. 그 대열 맨 앞에 박순신, 이다라시키, 가야노, 야마시타의 얼굴이 보였다.

엄숙한 적막감이 아침 공원의 공기를 가득 채웠다. 벤치에 올라선 미나가타가 아래를 내려다보며 천천히 말했다.

"그래서 우리는 가을 예행연습을 한 것이야."

가을 예행연습?

미나가타는 무슨 할 말이라도 있느냐는 듯 나를 바라보았다. 도무지 무슨 뜻인지 모를 짧은 스피치에 멍해진 내가 황망히 말했다.

"나 때문에 이렇게 와 줘서 정말 고맙습니다."

내가 브루스 리처럼 인사를 하자 미나가타의 목소리가 내 뒤통수를 향해 떨어졌다.

"아닙니다, 스즈키 씨. 스즈키 씨는 우리에 속합니다. 스즈키 씨는 우리를 위해 싸우는 겁니다."

고개를 들었다. 모든 시선이 나를 향하여 일제히 고개를 끄덕였다. 미나가타의 말이 이어졌다.

"그러므로 이겨 주세요."

나는 고개를 끄덕였다.

미나가타가 외쳤다.

"자, 쳐부수는 거야!"

모두가 자리에서 일어서더니 몸을 부딪치기도 하고 서로 가슴을 치기도 하고 끌어안으며 사기를 높였다. 야마시타가 외쳤다.

"재밌을 거야!"

이다라시키, 가야노, 야마시타를 선두로 하여 공원 출구로 나아갔다. 박순신이 내 앞으로 와서 멈춰 섰다.

"잠은 잘 잤어?"

나는 고개를 끄덕였다.

무리의 꽁무니가 공원 출구에 이르렀을 때, 미나가타가 벤치에서 내려왔다.

"자, 우리도 가요."

나와 미나가타와 박순신은 무리의 꼬리에 붙어 이시하라가 다니는 고등학교로 갔다.

10분 정도 걸어가자 이시하라의 고등학교로 이어지는 일방통행로가 나왔다. 그때, 너무도 자연스럽게 그 옛날 외웠던 시한 수를 읊고 싶은 충동이 일어났다.

횃불처럼 그대 몸에서 불꽃이 튈 때

그대는 아는가, 내 몸을 태우는 자유가 된다는 것을

가진 것 던져 버려야 할 운명이란 것을

남은 것은 재와 폭풍처럼 심연으로 떨어질 혼미임을

영원한 승리와 승리의 새벽에 재의 바닥 깊이

찬란한 다이아몬드가 남는다는 것을

시 낭송이 끝나자 나란히 걷던 박순신이 물었다.

"좋은데! 누구 시야?"

나는 힐난 섞인 시선으로 박순신을 바라보며 말했다.

"보지 않았어? 〈재와 다이아몬드〉. 긴장을 풀려고……."

박순신은 홍, 하고 코웃음을 치며 물었다.

"그 영화 주인공이 이겨?"

"져."

"그런 영화 난 안 봐."

나는 박순신과 짧은 순간 웃음을 주고받았다.

이시하라가 다니는 고등학교 정문까지 앞으로 10미터 남은 위치에서 무리의 선두가 멈춰 섰다. 교정에서는 시업식을 시작하였고, 교장의 훈시가 마이크를 통해 흘러나왔다.

"2학기에도 변함없이 우리 학교의 명예에 걸맞은 규율과 행동으로……."

앞쪽을 엿보니 이다라시키가 바쁘게 지시를 내리고, 그 지시에 따라 모두가 신속하게 움직인다. 배낭을 멘 학생이 열 명 정도 있는데, 그 애들이 배낭에서 검은 테이프를 꺼내 모두에게 나누어주었다. 가야노는 자신의 배낭 안에서 소형 디지털 비디오카메라를 꺼내 몇 명으로 구성한 팀에게 그것을 건네주었다. 교정에서 박수 소리가 들려왔다. 그리고 소리가 멈추더니 이어서 목소리가 흘러나왔다.

"이어서 히라사와 선생님 말씀이 있겠습니다."

다시 짧은 박수 소리가 들려왔다.

"여러분에게 알릴 사항이 있습니다."

분명 히라사와의 목소리였다.

"지난 8월 1일 열린 고등학교 전국체육대회에서 복싱부 3학년 이시하라 유스케 학생이 대망의 삼연승을 달성했습니다."

누가 들어도 형식적인 박수 소리가 나고 금방 멈추었다.

"이시하라의 영광은 성실한 노력과 독립자존의 정신에서 비롯한 것으로……."

이다라시키와 가야노와 야마시타가 내게 다가왔다.

"준비가 되었으니 갑시다."

이다라시키가 말했다.

"힘내세요."

가야노가 말했다.

나는 고개를 끄덕였다.

야마시타는 감격에 젖어 금방이라도 울음을 터뜨릴 것 같은 표정으로 나를 바라보았다. 나는 손을 뻗어 야마시타의 머리를 쓰다듬었다. 야마시타 얼굴에 평소의 웃음기가 돌아왔다.

"부탁해."

미나가타의 말에 두 사람은 고개를 끄덕이고 발길을 돌려 선두로 돌아갔다.

무리가 움직였다. 믿음직한 발걸음으로 정문을 향해 돌진해 간다. 어떤 애는 나를 향해 승리의 V사인을 보내기도 하고, 〈사망유희〉 복장을 한 사람은 브루스 리 닮은 얼굴을 내게로 향한 채 앞으로 나아갔다. 그들에게 보답하는 방법은 하나뿐이다.

남은 나와 미나가타와 박순신은 정문을 향하여 천천히 걸어 갔다.

"이시하라 학생은 우리 학교의 정신을 충실히 실천하여 우 리 학교의 자랑이 되었습니다."

히라사와가 거기까지 말했을 때 나는 정문에 이르렀다.

"이렇게 하면 잘 보일 겁니다."

미나가타는 그렇게 말하고 정문 옆 화단에 올라가 문기둥에 손을 걸치고서 몸을 끌어올려 기둥 위에 올라앉았다. 나도 같 은 방법으로 미나가타 곁에 앉았다. 박순신은 반대편 기둥 위 로 올라갔다. 교정에서 일어나는 일을 한눈에 볼 수 있었다.

이다라시키가 이끄는 무리는 늘어서 있는 학생들 옆으로 스 며들었다가 조례대를 향하여 번개처럼 나아갔다. 그러나 비디 오카메라를 든 애들은 반대 방향 교사 입구를 향해 달렸다. 학 생들의 관심은 벌써 조례대에서 갑작스런 침략자들의 움직임

쪽으로 옮겨 갔다. 갑자기 무관심의 대상이 되고 만 히라사와는 멀뚱한 표정을 지으며 학생들 시선이 가는 쪽으로 고개를 돌렸다. 히라사와 얼굴에서 당혹감이 떠올랐다.

"뭐, 뭐야? 너희들!"

그 목소리를 신호로 하여 이다라시키가 이끄는 무리가 조례대 곁에 앉아 있는 교사들을 덮쳤다. 먼저 교사들을 지면에 눕히고 손을 뒤로 돌려 수갑을 채우고, 발목에는 테이프를 둘둘 감고, 마지막으로 소리를 내지 못하게 입에도 테이프를 발랐다. 교사 하나에 세 명이 달라붙어 조직적으로 일사분란하게 순식간에 처리해버렸다.

"선생만 무력하게 만들어 버리면 학교를 제압하는 건 문제도 아냐."

미나가타가 무덤덤하게 말했다.

"학교란 참 이상한 곳이죠? 저렇게 몇 안 되는 선생들이 이렇게 많은 학생들을 지배하고 시키는 대로 하게 만들어 버리니까요."

"자네들, 이런 짓을 하고도 별 탈 없을 줄 알아?"

"하루카 씨를 응급실로 데리고 갔던 그날 밤 담당의사, 기억나세요?"

미나가타가 물었다.

나는 고개를 끄덕였다.

"그놈은 이 학교 출신이고 히라사와 일당의 꼭두각시였어요. 그런 경우 반드시 경찰에 신고를 해야 하는데도 돈을 받고 사건을 무마해주었습니다. 놈의 증언을 비디오로 찍어 놓았으니까 다급하면 그걸 내밀어 거래를 할 생각입니다."

미나가타는 그렇게 말하고 느긋하게 웃어 보였다. 나는 약간 얼이 빠진 표정으로 고개를 가로저었다.

"담당의사에게 무슨 방법으로 자백을 받았는지는 묻지 않도록 하지. 그건 그렇다 치고 어떻게 이런 계획을 세웠는지 참 신통하다는 생각이 들어."

그렇게 말하는 순간, 머리 한구석에서 뭔가 걸리는 게 있었다. 얼마 전 하루카에게 들었던 말이 생각났다. 티켓을 발행하기 때문에 관계자 외에는 들어갈 수 없는 하루카가 다니는 여고의 학교 축제에 몰래 침입한 학생들 이야기였다. 분명 그 애들은 하루카 학교 근처에 있는 삼류 똥통학교 학생들이라고 했다.

머릿속에서 열쇠가 구멍을 파고들더니 찰칵, 소리가 난 것 같았다. 내가 하루카의 고등학교 이름을 말했을 때, 미나가타 일행의 반응, 미우라 나오코가 학교 축제 때 보자고 했던 말. 가을의 예행연습이라고 했던 말. 그리고 어디를 보나 그 정도 일은 해치우고도 남을 얼굴들.

"하루카에게 잘 말해주지." 하고 내가 말했다.

"학교 축제 때 자네들을 응원하라고 할게."

미나가타는 일순 익살스런 표정을 지으며 웃었다.

"잘 부탁드립니다. 학교 안으로 침입한 후의 반응이 좋지 않아서 많이 힘들거든요. 우리에 대해 좋은 소문을 좀 퍼뜨려 달라고 하루카에게 말 좀 해주세요."

"다들 잘생겼다고 해 둘게."

"과장광고 같은 생각이 드는데요."

미나가타가 그렇게 말하며 웃었을 때, 눈부신 빛의 화살이 나와 미나가타 얼굴에 꽂혔다. 우리는 손바닥을 이마에 대고 빛의 화살이 날아온 대각선 방향으로 고개를 돌렸다. 학교에서 조금 떨어진 장소에 있는 아파트 옥상에서 우리를 향해 거울을 비추는 사람이 있었다.

"아기예요." 하고 미나가타가 말했다.

사토는 거울을 치우고 손을 흔들었다. 자세히 보니 그 곁에서 또 한 사람이 손을 흔든다. 머리칼을 보나 키를 보나 아무래도 여자애 같았다.

"높은 곳에서 멋진 구경을 하겠어요."

미나가타는 어이없다는 표정으로 그렇게 말하더니 눈을 부릅떴다.

"이제 슬슬 내가 나설 차례가 되었습니다."

무슨 말이든 한마디 해주려고 있는 힘을 다해 말을 찾았지만 적당한 말이 떠오르지 않아 미나가타의 머리를 거칠게 쓰다듬어 주었다. 미나가타는 어린애 같은 얼굴로 웃으며 그럼, 하고 기둥 아래로 내려갔다.

"잠깐만!"

황망히 미나가타를 불러 세워 안주머니에서 하얀 봉투를 꺼내 던져 주었다. 미나가타는 산뜻하게 봉투를 받아들고 힘차게 고개를 끄덕였다. 그리고 정문을 지나 당당하게 교정으로 들어갔다.

시선을 교정으로 돌렸다. 조례대 주변에서는 교장을 포함하여 교사 전원이 땅바닥에 엎드렸고, 아베만이 혼자서 과감하게 저항하는 상태였다. 히라사와는 이해할 수 없는 그 사태에 놀라 조례대 위해서 갈팡질팡이었다. 학생들은 교사들이 유린당하는 모습을 무슨 액션영화라도 보는 듯이 흥미진진하다는 눈길로 바라보기만 했다. 누구 하나 구하려 하지도 않았다.

이다라시키와 가야노와 야마시타가 아베 앞에 우뚝 섰다. 아베는 복싱의 파이팅 폼을 잡더니 금방 야마시타를 표적으로 삼아 주먹을 날렸다. 야마시타의 옆얼굴이, 이번에도 나야! 라고 말하는 듯한 표정으로 일그러졌다. 아베는 무릎을 낮추며 공격 자세를 취했다. 야마시타는 체념한 듯 두 손을 들고 자폭하는 심정으로 아베에게 달려들었지만 너무나 당연하게도 발이 엇갈려 앞으로 몸을 기울이며 넘어지려 했다. 아베는 야마시타의 돌격에 신속하게 반응하며 펀치를 날렸지만 표적을 잃어버린 팔이 허공을 향하여 뻗어 나가다가 그 힘에 밀려 상반신이 앞으로 약간 기울어지고 말았다. 바로 그 순간 야마시타의 머리가 솟구쳐 오르며 아베의 턱을 들이받았다. 우직! 하는 소리가 교정에 울려 퍼졌다. 멋들어진 카운터였다. 의식을 잃은 아베는 자신의 가슴에 안긴 야마시타의 몸과 함께 쿵! 소리를 내며 벌러덩 땅바닥에 드러누웠다.

이라다시키와 가야노는 낄낄대고 웃으면서 야마시타를 일으켜 세운 다음에 아베를 엎어서 수갑을 채우고 테이프로 발목을 몇 번이나 칭칭 동여맸다. 야마시타는 아픈지 두 손으로 머리를 주물러 댔다.

"뭐야? 너희들!"

히라사와 목소리가 마이크를 타고 교정에 울려 퍼졌다. 조례대 위를 보니 어느새 미나가타가 히라사와와 대치하는 모습이었다. 미나가타가 다가서자 히라사와는 몸을 움츠리며 뒤로물러났다. 한쪽 발이 조례대 끝에 걸리자 히라사와는 멈춰 섰다. 미나가타의 입이 움직였다. 마이크가 그 목소리를 교정에 선 학생들의 귀까지 날라다 주었다.

"이 학교의 자랑이라니, 지나가는 개가 웃을 노릇이지."

미나가타는 왼손을 뻗어 히라사와의 가슴을 가볍게 밀었다. 히라사와는 버둥거리다가 땅바닥에 떨어지고 말았다. 그 히라사와에게로 이다라시키와 가야노가 달려가 능숙하게 수갑을 채우고 테이프로 발목을 감아 자유를 빼앗아 버렸다.

조례대 위의 미나가타가 청바지 뒷주머니에서 하얀 봉투를 꺼냈다. 그리고 봉투에서 지폐 끝을 살짝 드러낸 다음 그것을 히라사와에게 던졌다. 마이크에서 미나가타의 목소리가 울려 퍼졌다.

"스즈키 씨 심부름이야."

"아저씨."

갑작스런 목소리에 나는 몸을 부르르 떨었다. 박순신이 화단 앞에 서서 손짓으로 나를 불렀다. 나는 서둘러 문기둥에서 내려와 박순신 앞에 섰다.

"내가 갈 차례야."

박순신의 눈꼬리 상흔이 발갛게 물들었다. 나는 고개를 끄덕였다.

"자신을 믿을 수 없을 때."

박순신은 거기까지 말하고 왼손 검지로 내 심장 부근을 콕 찔렀다.

"여기에 공포가 스며들어서 아저씨는 한 걸음도 옮길 수 없는 지경에 빠질 거야."

검지가 떨어져 나갔다.

"아저씨는 등에 짐이 가득 든 투명한 배낭을 짊어진 거야. 이시하라의 등에는 아무것도 없어. 무슨 일이 있어도 자신을 믿어야 해."

나는 박순신의 눈을 보며 말했다.

"나는 자네를 믿어."

박순신은 보일 듯 말 듯 미소를 짓더니 교정을 향하여 발걸음을 옮기려 했다.

"순신!"

나는 박순신을 불러 세웠다. 박순신은 무슨 일이냐고 작은 눈을 가늘게 뜨고 나를 바라보았다.

"나……이길 수 있을까?"

나의 물음에 박순신은 한순간의 망설임도 없이 말했다.

"이기는 건 간단해. 문제는 승리의 저편에 있는 것이야."

당혹스러워하는 나를 그냥 둔 채 박순신은 교정으로 나아갔다.

탁탁.

손가락으로 마이크를 치는 소리가 교정에 울려 퍼졌다.

이어서 미나가타의 링 아나운서 어투를 흉내 낸 음성이 벼락처럼 울려 퍼졌다.

"지금부터 시간 무제한의 승부가 펼쳐집니다. 청코너, 지금까지 수많은 악행을 돈과 권력으로 무마해 온 더러운 고교 복싱챔피언 이시하라 유스케!"

미나가타가 교정 한 점을 향하여 오른손 검지를 기세 좋게 뻗었다. 갑자기 교정이 술렁대기 시작했다. 그때까지도 질서를 유지하던 학생들의 대열이 그 한 점을 중심으로 뒤틀리더니 커다란 원을 그리기 시작했다.

"이어서 도전자를 소개하겠습니다! 홍코너, 이시하라의 악행을 용서할 수 없는 사나이, 우리의 히어로, 스즈키 하지메!"

미나가타는 나를 향하여 검지를 내밀었다. 전교생이 일제히 내 쪽을 돌아보았다. 나는 크게 숨을 몰아쉰 다음 정문을 통과하여 교정으로 들어섰다. 학생들 열이 마구 흩어졌다. 자세히 보니, 어느새 나의 강력한 지원 세력인 사복군단이 학생들 사이로 파고들어 일사불란한 지휘를 통하여 커다란 원을 만들어 가고 있었다.

문득 고개를 들어 보니 내 앞에는 한 줄기 길이 깔려 있었다. 그 길 안에는 학생들의 모습은 없고, 20미터 정도 앞에 단 한 사람 낯익은 얼굴이 서 있었다. 나는 원수에게로 이어지는 그 길을 학생들의 호기심 어린 눈길을 받으며 걸어갔다.

원 안으로 들어서자 내가 걸어온 길은 순식간에 지워져 버렸다. 나는 이시하라를 향해 걸어가 5미터 정도 떨어진 위치에서 발걸음을 멈추었다. 사복군단은 나와 이시하라를 중심으로 원을 점점 더 넓혀 갔다. 싸우기에 충분한 공간이 확보되었다.

이시하라와 눈이 마주쳤다. 이시하라는 있는 힘을 다해 기억을 더듬는지 눈을 가늘게 뜨고 나를 노려보았다. 그러나 금방 포기한 듯 아무렴 어때, 하는 태도로 사람을 깔보는 뒤틀린 미소를 떠올리더니 땅바닥에 퉤, 침을 뱉었다. 그것을 신호로 미나가타의 목소리가 교정 안에 울려 퍼졌다.

"아, 내가 깜빡했네요. 이시하라가 악행을 저지를 때 같이 있었던 복싱부 고바야시와 후쿠다는 이시하라의 세컨드로 자리에 임해 주시기 바랍니다."

그러나 두 사람은 원 속에 나타나지 않았다.

"다시 한 번 말하겠습니다. 붕어 똥처럼 이시하라 꽁무니에 붙어 다니는 고바야시와 후쿠다, 링 중앙으로 나와 주세요."

빙 둘러 링을 만들어 낸 학생들 사이에서 빨리 나와! 라는 고함 소리가 터져 나왔다. 고바야시와 후쿠다로 보이는 두 학생이 원 안으로 떠밀려 들어왔다. 일전에 시부야에서 보았던 두 사람이었다. 미우라 나오코가 말했던 두 사람도 분명 이놈들일 것이다. 두 사람은 이시하라 곁으로 달려가 당혹스런 표정으로 붕어똥처럼 이시하라 등 뒤에 섰다. 그러나 링으로 들어선 사람은 둘만이 아니었다. 나에게는 그것이 보였다. 권력과 권위와 편견과 인습을 마구 뒤섞어 쓰레기로 처리할 수 있는 능력을 가진 남자도 함께 들어와 있었다.

박순신은 등 뒤에서 고바야시의 어깨를 가볍게 쳤다. 그다음에는 무슨 일이 벌어졌는지 보지 못했다. 그러나 고바야시는 눈 깜짝할 사이에 땅바닥에 늘어져 기절해버렸고, 학생들 사이에서 왓! 하는 짧은 비명이 터져 나왔다. 비명이 여운이 채 가시기도 전에 이번에는 후쿠다가 앞으로 푹 꼬꾸라지더니 그냥 바닥에 널브러졌다. 눈 깜짝할 사이에 일어난 일이었다. 이윽고 이시하라가 뒤를 돌아보았다. 이시하라는 땅바닥에 널브러진 두 사람을 내려다본 다음, 박순신을 향하여 재빨리 파이팅 포즈를 취했다. 박순신은 빙긋 웃더니 오른손 검지를 눈앞에 세워 좌우로 흔들었다. 그리고 그 손가락이 수평으로 기울어지더니 나를 가리켰다. 박순신의 손가락을 따라 이시하라의 시선이 다시 나를 향했다. 이시하라는 명백히 경멸을 담은 시선으로 어이가 없다는 듯이 나를 바라보며 어깨를 으쓱했다.

사복군단의 여섯 명이 링 안으로 들어와 세 사람씩 나뉘어 고바야시와 후쿠다를 링 바깥으로 날렸다. 박순신은 뒷걸음질 쳐서 원의 라인 있는 데까지 물러났다.

이렇게 하여 원 속에는 나와 이시하라만이 남았다. 나는 이시하라의 적의에 찬 시선을 받으면서 상의를 벗어 땅바닥에 던졌다. 다음으로 넥타이를 풀어 윗도리 위에 던졌다. 그리고 와이셔츠 단추를 위에서 세 개만 풀어헤쳤다.

내가 준비를 끝내자 이시하라는 비웃음을 머금은 채, 오른 손잡이 정통파 스타일로 포즈를 잡았다. 교정에는 오랜 세월에 걸쳐 발효한 듯한 긴장감이 흘렀다. 그리고 압도적인 정적, 부자연스러운 정적이 피부를 찔러 통증이 일 정도였다. 이상하다. 두 귀의 뒤에서 심장 소리가 들려온다. 이시하라와의 거리는 5미터. 너무 멀다. 자, 움직여. 발을 옮겨 2미터 거리까지 이시하라에게 다가섰다. 몸이 무겁다. 숨을 쉬는 것도 잊어버려 안압이 올라 이시하라 모습이 흐릿하다. 황급히 숨을 들이쉬었다. 나의 그런 태도를 눈치 채고 이시하라가 연민에 가득 찬 미소를 머금으며 입술 끝을 찢어 올리더니 파이팅 포즈를 취한 채로 놀리듯이 왼 주먹을 얼굴 앞에서 빙글빙글 돌린다.

뭐해! 관객들 속에서 비난의 함성이 터져 나왔다. 그것을 신호로 여기저기서 고함 소리가 들려왔지만 내가 무릎을 조금 굽혀서 중심을 낮추자 금세 조용해졌다. 다시금 어디서 빌려온

듯한 정적이 교정을 가득 채웠다. 이시하라가 눈치 채지 못하도록 살짝 시선을 떨어뜨리고 앞으로 나와 있는 이시하라의 왼발을 조준했다. 준비는 갖추어졌다. 이제는 이시하라의 세계로 뛰어드는 일만 남았다. 그러나 뛰어들 타이밍을 잡을 수 없었다. 게다가 이시하라의 압력이 눈에 보이지 않는 형태로 나와 이시하라 사이에 떠돌면서 내 가슴을 심하게 눌렀다. 몇 백 번이나 벌였던 상상의 대결에서는 이런 압박은 존재하지 않았다. 나의 빈약한 상상력을 넘어서는 현실이 나의 몸을 옭아매어 꼼짝도 할 수 없었다. 이시하라의 압력이 입에서 목으로 파고들었다. 호흡이 잘 되지 않는다. 괴롭다. 괴롭다. 괴롭다.

뛰어들었다.

그러나 스피드도 기세도 날카로움도 이기려는 의지도 없었다. 다만 1초라도 빨리 그 고통에서 벗어나고 싶었을 따름이다. 설령 그것이 패배를 불러온다 할지라도.

이시하라의 사정권에 들어섰을 때 내 뜻에 반하여 내 발은 움직임을 멈추고 막대기처럼 뻣뻣하게 굳어 버렸다. 나의 발걸음을 멈추게 한 것은 지금까지 내가 한 번도 겪어 보지 못한 두려움이었다. 지금까지의 특훈에서 나의 상대는 박순신이었다. 박순신은 내 편이다. 그러나 지금 눈앞에 선 상대는 어김없는 적이다. 그것도 노골적으로 적의를 드러내는 상대이다. 그

적의가 내 몸속을 파고들어 움직임을 제어하고 그와 동시에 내 속에 남아 있던 달콤한 어리광을 되살려 내고 배후에 숨어 있던 두려움을 일깨워 버린 것이다.

갑자기 코언저리에 격한 충격이 일어나더니 카메라 플래시 같은 빛이 눈앞에서 반짝였다. 한 템포 늦게 신경이 표면으로 기어 나왔다. 통증이 일었다. 여태 단 한 번도 경험해 보지 못한 아픔. 적의가 똘똘 뭉친 아픔. 코를 두 손으로 감쌌다. 아프다. 아프다. 아프다. 이 아픔을 견뎌 내기 위해 고함을 지르고 싶다.

이시하라의 왼 주먹 움직임이 하나도 보이지 않았다. 나는 비명 대신에 황망히 두세 걸음 물러나 왼쪽 무릎을 땅바닥에 대고 쭈그려 앉았다. 코 안쪽에서 차가운 액체가 흘러내리기 시작했다. 금방 두 손이 빨갛게 물들었다. 피를 본 탓인지 학생들이 흥분하여 환호성을 질러 댔다.

그거 잘됐다!

저런 멍청이!

똥 싼 돼지!

뻗어 버려!

이시하라를 올려다보았다. 공격할 마음도 없는 것 같았다. 두 손을 늘어뜨리고 기가 차다는 표정으로 나를 내려다보았다. 이시하라가 입을 열었다.

"우리, 시합 전에 병원에서 한 번 보았지? 그 낯짝을 보니 이제야 생각이 나네. 딸은 잘 지내? 안부나 전해줘."

이시하라 얼굴에 경멸감이 가득 피어오르고 모멸감이 내 몸을 망치처럼 내리쳤다.

"나를 이길 수 있다고 생각했어? 엉!"

나와 이시하라를 잇는 직선상에 얼굴을 옆으로 돌린 채 선 박순신의 모습이 보였다. 박순신은 청바지 호주머니에 엄지를 꽂은 채 서서 표정 없는 얼굴로 나를 바라보았다. 그리고 오른쪽으로 천천히 시선을 돌렸다. 어느새 미나가타가 원 안쪽 라인 앞에 나타나 나를 내려다보았다. 이다라시키도 가야노도 하나같이 표정이 없었다.

나에게 뭘 바라는 거야? 난 노력했잖아? 지금 이 자리에 선 것만도 대단하지 않아?

오른쪽 무릎에 통증이 일었다.

그렇다. 박순신은 나의 오른쪽 무릎의 통증을 안다. 오른쪽 무릎이 고장 나서 일어서지 못한 것으로 해버리면 돼. 나머지는 박순신과 미나가타와 이다라시키와 가야노가 어떻게든 처리해줄 테지. 엉? 야마시타는? 야마시타가 왜 안 보여?

고개를 돌려 오른쪽 대각선 방향을 보았다. 야마시타의 코에서 피가 흐른다. 그것도 양쪽 코에서. 뒤에서 학생들이 엉덩이를 걷어차고 손가락으로 등을 찌르고 해도 대결 무대를 지키기 위해 두 팔을 벌리고 바위처럼 버티고 서 있다. 눈이 마주쳤다. 그때 뒤에서 강렬한 힘이 밀려와 야마시타의 좌반신이 앞으로 기울어졌다. 활짝 벌린 왼팔이 마치 도움을 구하는 듯이 나를 향해 뻗어 나왔다. 왼쪽 손가락 끝이 떨린다. 이를 악물고 버티던 야마시타의 얼굴이 마구 일그러지더니 울음을 터뜨릴 것처럼 보였다.

크게 숨을 들이켰다.

어이, 그런 표정 짓지 마.

지금 바로 일어설 테니까.

잠깐 쉬었을 뿐이야.

당장 그 얼굴에 웃음이 떠오르게 해줄게.

사랑해, 야마시타.

자, 봐.

두 손을 코에서 떼어냈다.

방울방울 피가 떨어져 내린다.

일어서려는데 오른쪽 무릎에서 묵직한 통증이 일었다.

엄살떨지 마. 못 써먹을 바에야 지금 당장 잘라 버릴 거야.

통증이 사라졌다.

일어섰다.

사복군단에서 폭발적인 함성이 일었다. 이시하라 얼굴에서 경멸감이 사라졌다. 두 손의 피를 와이셔츠 배 언저리에 대고 닦은 다음 왼손을 이시하라를 향해 뻗었다. 그리고 손바닥을 위로 하고 엄지를 제외한 네 개 손가락으로, 어서 오라며 까딱까딱 움직였다. 사복군단에서 탄성이 터지고 학생들 사이에서 비난과 욕설이 터져 나왔다. 이시하라 눈에 흉포한 살기가 떠올랐다.

이시하라에게 다가갔다. 한순간, 모든 소리가 멈추었다. 이시하라와의 거리는 3미터. 코로 숨을 빨아들여 배 속까지 가득 채운 다음 입으로 토해 냈다. 몸에서 적당히 힘을 뺐다. 무릎을 가볍게 굽히고 체중을 실어 몸을 앞으로 살짝 기울였다. 이시하라가 포즈를 취했다. 여전히 정통파 복서 스타일이다. 앞으로 나온 왼발을 겨냥한다. 그리고 안으로 뛰어든다. 나는 나지막이 소리 내어 중얼거렸다.

"횃불처럼 그대 몸에서 불꽃이 튈 때

그대는 아는가. 내 몸을 태우는 자유가 된다는 것을⋯⋯."

이시하라 얼굴에 어떤 의구심 같은 것이 떠올랐다.

네 놈이 알 리 없지.

간다.

불꽃아, 뛰어라!

순간, 나를 둘러싼 세계가 천천히 흘러갔다. 마치 슬로모션처럼 보였다. 이시하라의 왼 주먹이 움직이는 순간도, 나를 향해 뻗친 팔 근육이 수축되는 순간도 또렷이 보였다. 그리고 그 세계 속에서 나는 상상으로 몇 백 번이나 반복했던 동작을 충실히 따랐다.

이시하라의 왼 주먹이 내 얼굴에 닿으려는 순간, 나는 힘차게 무릎을 굽혀 이시하라의 왼발을 노리며 뛰어들었다. 예민해진 청각이 허공을 부웅ー 가르며 날아오는 소리를 포착했다. 그리고 내가 이시하라의 왼쪽 허벅지를 끌어안는 순간, 헉! 하는 이시하라의 짧은 비명이 들려왔다.

허벅지를 단단히 잡고 약간 등을 펴고서 왼쪽 어깨를 이시하라의 배 부근에 착 붙인 다음, 왼발을 위로 들어올리는 듯하면서 체중을 앞으로 기울였다. 이시하라의 균형이 무너지고 상반신이 뒤로 기울어진다. 이시하라는 다급히 오른발을 뒤로 빼며 넘어지지 않으려 애썼지만 애석하게도 이미 때는 늦었다. 나는 재빨리 왼손을 이시하라의 허벅지에서 떼고 이시하라의 오른발 뒤꿈치 쪽으로 뻗었다. 이시하라가 바닥에서 설 수 있는 유일한 받침대를 잡고 힘껏 앞으로 끌어당겼다. 그와 동시에 왼쪽 어깨에도 힘을 주어 눌렀다. 이시하라의 오른발 뒤꿈치가 지면에서 떠오르는 순간을 가늠하여 왼쪽 어깨에 체중을 실어 앞으로 누르자 이시하라는 여지없이 바닥에 넘어졌다.

쿵, 하는 소리. 교정을 가득 채운 정적. 아픔으로 일그러지는 이시하라의 얼굴.

나는 몸을 착 갖다 붙이면서 이시하라의 몸에 기어올라 배에 걸터앉았다. 나는 심호흡을 한 다음 이시하라에게 말했다.

"복싱은 서서 하는 경기 아닌가?"

이시하라의 얼굴에 공포가 번져 나갔다. 두 팔을 마구 버둥거리며 나를 향해 펀치를 날렸지만 아래서는 내 얼굴을 치지 못한다. 이시하라는 이미 나의 세계에 들어와 있었다. 힘이 빠져 움직임이 멈추었을 때, 나는 말했다.

"이런 식으로 내 딸을 때렸어?"

오른 주먹을 이시하라의 눈두덩을 겨냥하고 힘껏 내리꽂았다. 이시하라는 다급하게 두 팔로 얼굴을 가렸다. 내 주먹이 이시하라의 척골에 닿았다. 우직! 하는 소리가 들렸다. 그다음 왼 주먹을 내리꽂았다. 우직! 오른쪽 우직! 왼쪽 우직! 왜 그러고 있어. 이시하라, 한번 저항해 봐.

환호성이 터져 나왔다. 나를 향한 성원도 섞여 있다. 쳐라! 여기저기서 그런 목소리가 터져 나왔다. 좋아 좋아!

내 몸은 태어나서 처음 느끼는 감정으로 가득 차올랐다. 분노? 미움? 환희? 그와 비슷한 것이었다. 다시는 놓치지 않으리라.

지금까지보다 더 강한 힘을 넣어 펀치를 내리꽂았다. 이시하라의 두 팔이 살짝 벌어졌다. 오른 주먹을 이시하라의 코를 향해 꽂았다. 정통으로 맞은 이시하라는 이힛! 짧은 비명을 질렀다. 코에서 피가 흘러나오기 시작했다. 내가 다시 펀치를 뻗으려 하자 이시하라는 공포에 질려 어떻게든 펀치를 피해 보려고 상반신을 마구 뒤틀며 몸을 뒤집어 엎드리려 했다. 상상했던 대로였다. 나는 이시하라가 쉽게 엎드릴 수 있도록 배에 착 달라붙은 엉덩이를 살짝 들어올렸다. 이시하라의 몸이 내 사타구니 아래서 빙글 돌아 엎드린 자세를 취했다. 나는 윗몸을 앞으로 기울이고 가슴을 이시하라의 등에 착 붙였다. 그리고 왼손을 땅바닥과 이시하라의 목 사이로 밀어 넣고 앞으로 끌어당겼다. 이시하라의 목에 왼쪽 앞 팔을 감았다. 엄지 쪽 요골을 세우듯 하여 이시하라의 경동맥 언저리에 갖다 대고 오른손으로 왼쪽 손목을 잡고서 앞으로 당기며 조였다.

조르기에 완전히 걸려들었다. 지금까지 머릿속으로 몇 백 번을 상상했던 그 순간에 도달한 것이다. 그다음은 미지의 영역이었다.

히잇, 이시하라의 고통스런 숨소리가 들린다. 나의 코에서는 코피가 방울져 떨어져 땅바닥에 검붉은 얼룩을 그려 냈다. 이상하다. 환호성이 점점 멀어져 간다. 심장 뛰는 소리와 핏방울이 바닥에 떨어지는 소리만 남기고 모든 소리가 사라졌다. 이윽고 그 두 가지 소리도 사라졌다. 나는 소리가 살아 있다는 사실을 확인하기 위해 바로 앞에 있는 이시하라의 귀에 대고 말했다.

"죽어……."

분명히 들렸다. 그러나 지금까지 들어 본 적이 없는 목소리였다. 지금, 말한 것은 누구일까? 그보다 몇 초나 지났을까? 생각이 나지 않는다.

그때였다.

박순신의 목소리가 무음의 세계를 가로질렀다.

"소중한 걸 지키고 싶지 않아? 아저씨."

얼굴을 들었다. 바로 앞에 박순신이 서 있었다. 여전히 표정 없는 얼굴로 나를 내려다보았다. 박순신 뒤에서는 학생들이 주먹을 쥐고 나를 마구 선동했다. 이건 나의 싸움인데 대체 나는 누구에게 충동질을 당하는 것인가? 분노? 증오? 환희?

이건 아냐.

나는 서둘러 오른손을 풀었다. 이시하라의 목을 감은 왼팔도 풀었다. 이시하라의 머리가 앞으로 푹 꼬꾸라졌다. 이시하라의 등에서 가슴을 떼어내고 오른팔을 움직여 이시하라의 몸에서 내려와 그 겨드랑이를 잡고 몸을 뒤집어서 똑바로 눕혔다. 이시하라의 두 볼을 쳤다. 몇 초 동안 감겨 있던 이시하라의 눈이 열리더니 나를 바라보았다. 공포에 질린 눈이었다. 나는 도망치지 못하게 이시하라의 멱살을 잡고 다시 한 번 두 볼을 치고 말했다.

"다시는 내 딸에게 접근하지 마. 알았어?"

이시하라의 몸에서 힘이 빠져나가는 것을 느낄 수 있었다. 이시하라는 피로에 전 표정으로 눈을 감고 뒤통수를 땅바닥에 내려놓은 채 누워 있었다.

나는 천천히 일어섰다.

소리가 돌아오지 않았다.

주위를 둘러보았다. 학생들은 당혹스런 표정으로 나를 응시했다.

갑자기 멀리서 뭔가가 터지는 듯한 소리가 들렸다.

교정에 있던 모든 사람들이 그쪽으로 시선을 돌렸다.

사토가 있던 아파트 옥상에서 하얀 연기가 피어올랐다. 다시 꽝, 하는 파열음이 들렸다. 불꽃이었다. 그러나 밝고 푸른 하늘에는 아무 색깔도 보이지 않고 하얀 연기만 흔적을 남겼을 뿐이었다.

꽝!

그 소리를 신호로 하여 사복군단의 함성이 터져 나왔다.

와아!

사복군단은 입을 크게 벌리고 온몸을 떨면서 외쳤다. 송곳니가 그냥 드러난 모습이 마치 그곳의 학생들을 위협하는 것 같았다. 내 몸은 그들의 환호성에 감응하여 가늘게 떨렸다. 60조에 이르는 세포가 끓어올랐다. 40도 이상의 열을 느꼈다. 내 속에서 뭔가가 태어나는 순간이었다. 왜 참는 거야?

외쳤다.

우우우!

마치 괴수의 울음소리 같았다. 그렇다. 짐승은 결코 의미 없는 싸움으로 상대를 죽이지 않는다. 나는 짐승과 같은 이성을 가지기에 이르렀다.

우우우!

하늘을 향해 다시 한 번 울부짖었다. 나를 따라서 사복군단도 울부짖었다. 교정에는 짐승들의 울부짖음이 가득했다.

시선을 아래로 내려 보니 미나가타, 박순신, 이다라시키, 가야노, 야마시타가 늘어서 있었다. 박순신이 나를 향해 움직이려는 것을 보고 나는 기선을 제압하여 왼팔을 박순신 앞으로 내밀었다. 짧은 순간, 무표정하게 서로를 바라본 다음 나는 박순신에게 미소를 보내고, 왼팔을 오른팔과 함께 활짝 펼치고 가슴을 열었다. 박순신이 내 가슴을 파고들었다. 우리는 뜨겁게 포옹했다.

이 무슨 안도감인가. 이 무슨 행복인가.

박순신이 몸을 떼어내고 엄숙한 어투로 말했다.

"수고 많으셨습니다."

나는 고개를 끄덕이며 대답했다.

"정말 고맙네."

나는 미나가타를 비롯하여 모두와 손바닥을 마주쳤다.

짝, 짝, 짝, 짝.

야마시타가 겨드랑이에 끼었던 양복과 넥타이를 내밀었다. 야마시타 코에서는 아직도 피가 흘러내린다. 나는 와이셔츠를 벗어 손수건 대용으로 야마시타 코에 대고 피를 닦아 주었다. 야마시타가 내 손에서 와이셔츠를 빼앗아 들고는 내 얼굴에 묻은 피를 닦아 주었다. 나는 야마시타의 머리를 마구 쓰다듬어 주었다. 야마시타 얼굴에 구름 한 점 없는 웃음이 번져 나갔다.

탱크톱 위에 양복 윗도리를 걸치고 넥타이를 호주머니에 쑤셔 넣었다. 나는 모두의 얼굴을 하나하나 둘러보고 눈을 감은 채 하늘을 올려다보고 코로 힘차게 공기를 들이킨 다음 입으로 토해 냈다. 그리고 눈을 뜨고 모두에게 시선을 돌리며 말했다.

"이 세상은 너무 멋져. 지금 딸을 데리러 갈 거야. 이시하라를 무너뜨린 이 팔로 하루카를 힘껏 안아 주어야지. 그리고 이 멋진 세상으로 하루카를 데리고 나올 거야."

모두 미소 지으며 고개를 끄덕였다.

미나가타가 교사 쪽을 가리키며 말했다.

"처음부터 끝까지 비디오로 기록해 두었으니까 가족의 역사로 간직해 두세요."

네 개 동의 교사 맨 꼭대기 층에는 두 사람씩 모두 네 팀의 촬영반이 이쪽을 향하여 손을 흔들었다. 나도 손을 흔들어 답례했다.

이다라시키가 말했다.

"아, 정말 폼났어요."

가야노가 맞장구를 쳤다.

"그럼, 그럼."

내가 겸연쩍게 웃는데 돌 같은 박순신의 목소리가 들려왔다.

"바보같이 웃긴 왜 웃어, 기분 나쁘게."

"미안합니다."

내가 몸을 움츠리며 그렇게 말하자 야마시타가 어쨌든, 하고 토를 달더니 외쳤다.

"정말 즐거웠어!"

나는 고개를 끄덕이며 말했다.

"가자."

"나머지 일은 아무 걱정 마세요."

미나가타의 말에 다시 고개를 끄덕였다.

나는 모두에게 브루스 리처럼 인사를 하고 발길을 돌렸다. 사복군단이 원을 무너뜨리고 내가 걸어갈 길을 열어 주었다. 나는 그들이 깔아준 길을 따라 당당하게 걸었다. 여기저기서 학생들의 야유가 들려왔다. 웃기지 마! 정말 이겼다고 생각한다면 오산이야! 그런 야유였다.

하지만 내가 그런 말에 눈이나 깜짝할 줄 알아?

나는 두 팔을 날개처럼 수평으로 펼쳤다.

그리고 천천히 날갯짓을 했다.

하루카.

나는 아직 솔개는 아니지만 지금 날 수 있을 것 같은 기분이야.

왜 그럴까?

당장 너를 보고 싶어.

조금만 기다려 줘.

지금.

날아갈 거야.

스즈키 하지메는 평범한 중년 샐러리맨이다. 별 탈 없이 직장을 오가며 아내와 딸과 행복하게 살아가는 그에게 어느 날 긴급한 상황이 일어난다. 딸이 권투를 하는 고등학생에게 노래방에서 폭행을 당한 것이다. 푸른 하늘에서 벼락이 떨어진 것과도 같은 사태를 맞이한 스즈키는 이를 어떻게 해결해야 할까. 이럴 경우 가장 간단한 방법은 공권력에 호소하는 것이다. 고소하고 사과를 받아내고 치료비와 위자료를 받아내어 그를 합법적으로 징계한다. 동시에 잘못을 저지른 자의 죄도 해소한다. 아주 화해롭고 합리적이며 상식적인 해결 방법이다. 이건 지금 시대를 살아가는 사람이라면 누구든 인지하는 보상 = 죄

의 해소라는 공정한 거래방식이다. 그런데 문제는 폭행을 당한 그 딸이 아버지에게는 이 세상에서 가장 소중한 존재라는 데 있다. 내 목숨보다 더 소중한 존재의 가치를 침탈한 자를 내버려 둘 순 없다. 딸이 입원한 병원에서 가해자와 그를 비호하는 학교 관계자의 고압적이고 뻔뻔한 태도에 분노한 스즈키는 딸과 자신의 상처입은 자존감을 회복하기 위해 가장 본능적이면서 단순한 방법을 선택한다. 부엌칼을 집어든 것이다. 이건 꽤 올바른 응징의 방식일 수도 있다.

그 칼을 들고 잘못 찾아간 어느 고등학교 교정에서 스즈키는 특이한 학생들을 만난다. 그들의 '특수성'은 그 이름으로 표현된다. 박순신은 그 이름만 들어도 한국족이고, 이다라시키는 오키나와족, 가야노는 홋카이도의 아이누족이다. 야마시타는 그냥 걷다가도 넘어지는 참으로 어벙하고 한심한 캐릭터이다. 미나가타는 메이지 시대의 석학이며 그 시대의 한계를 초월하며 살았던 미나가타 쿠마구스(역자가 사진으로 본 그의 풍모는 아주 이국적이었다)와 같은 성을 가진 냉철, 침착한 성격의 소유자이다. 그래서 그는 그들 팀의 브레인이며 기획자이다. 그들은 삼류 깡통학교를 다니는 공부 못하는 말썽꾸러기들이다. 스즈키에게서 사연을 듣고 그들은 칼을 드는 것보다 더 원초적이라할 몸과 몸이 부딪치는 일대일 맞짱이 가장 합리적이며 정당한 복수행위라고 그를 설득한다. 그리하여 9월 1일의 격투를 향한 스즈키의 단련이 시작된다.

7월 9일, 스즈키의 딸 하루카가 폭행을 당한 날에서 9월 1일, 교정에서 결투가 벌어지는 날까지 두 달도 안 되는 사이에 스즈키는 강철 같은 근육 맨으로 변신한다. 그리고 몸 단련과정과 그 결과를 통하여 새로운 인간으로 거듭나 가족과의 관계를 회복하고, 나아가 중심이나 주류의 흐름에 올라탄 사람에게는 눈에도 들어오지 않을 주변인들에 대한 동질감을 가지기에 이른다. 여태 의식하지 못하고 살았던 그 사람들이 사실은 자신과 가장 잘 공감할 수 있는 존재라는 것을 깨닫는 것이다.

평범한 회사원이며 가장인 스즈키를 이러한 각성으로 이끈 고삐리 팀의 구성을 살펴보면 아주 흥미롭다. 신화학적인 문맥으로 보자면 이들은 트릭스터라 할 수 있을 것 같다. 이 의식공동체 또는 행동공동체는 그 자체로 제도와 체제에 대한 야유이면서 도전이다. 그들은 직접적인 몸과 행동으로 사회의 중심을 거부하고 흔들어 놓는다. 그것이 그들의 환희이다. 박순신은 솔개의 춤을 추는 전사 샤먼이기도 하다. 그 춤과 무술로 스즈키를 치유한다. 샤먼의 의식을 통해 병든 한 인간에게 다른 존재 – 아내와 딸, 사회를 살아가는 마이너리티 – 와의 관계성을 회복하게 한다. 스즈키는 몸을 단련하면서 그 과정을 주재하는 무술 사부 박순신이란 샤먼을 통하여 마이너리티성에 대한 이해에 도달한다. 그때 스즈키는 비로소 무력한 중년에서 생기 넘치는 삶의 주체로 변신하는 것이다.

이것은 일본사회의 중심영역이 구사하는 사회적 약자, 주변인, 소수민족에 대한 구조적이면서 관습적인 폭력을, 그 주변을 살아가는 너무도 무력한 고삐리 팀이 통쾌하게 깨부수는 이야기이다. 중심은 주변을 일정한 원리 속에 가두려 한다. 그러나 주변은 그 중심이 딱딱하게 굳어 인간의 삶을 속박할 때 새로운 동력으로 그것을 침범한다.

박순신과 그 일당은 그런 주변의 의식공동체를 만들어 갇힌 자의 몸과 의식을 바깥으로 풀어 놓는다. 그것을 일종의 치유 행위라고 할 수도 있을 것이다. 그러므로 권투선수 이시하라가 다니는 학교 교정에 마련된 무대는 새로운 일본사회를 위한 굿판인 셈이다. 그 판의 한가운데로 초대받은 스즈키는 주먹으로 단련된 적을 주먹으로 제압한다. 결정적인 승리이다. 스스로 변신을 이룩한 그. 억압받는 개인 = 마이너리티 = 사회적으로 이런저런 계층(급)적 명칭을 부여받은 다양한 출신지를 가진 사람들이 그 뒤틀린 사회(또는 견고하게 질서 잡힌 공간)의 중심을 휘저어 아직 무늬가 그려지지 않은 바탕에서 신선한 힘이 온갖 방향으로 발랄하게 튀어오를 수 있도록 하는 것, 그러한 개인 들의 행위, 쾌락, 시원함. 아마도 이야기를 자아낸 작가의 쾌락 은 스즈키의 변신에 있을 터이고, 그 굿판의 관객이 스즈키처 럼 변신하고자 눈을 번쩍 뜨는 데 있을 것이다. 그의 프로젝트 가 성공하기를 큰 함성으로 응원하는 나도 어쩌면 이미 변신을 시작했을지도.

플라이, 대디, 플라이

초판 1쇄 발행   2023년 7월 10일

지 은 이   가네시로 가즈키
옮 긴 이   양억관
펴 낸 이   한승수
펴 낸 곳   문예춘추사

편   집   이상실
디 자 인   박소윤
마 케 팅   박건원, 김홍주

등록번호   제300-1994-16
등록일자   1994년 1월 24일
주   소   서울특별시 마포구 동교로 27길 53, 309호
전   화   02 338 0084
팩   스   02 338 0087
메   일   moonchusa@naver.com

I S B N   978-89-7604-596-6 03830